DER WEISSE DRACHE

UND ANDERE VERGESSENE GESTALTEN

DER WEISSE DRACHE

UND ANDERE VERGESSENE GESTALTEN

Ein Text von

ADOLFO CÓRDOVA

illustriert von

RIKI BLANCO

Aus dem Spanischen
von Edmund Jacoby

Verlagshaus Jacoby Stuart

Für meinen Vater, der
hinter dem Wind wandelt.
– J.A.C.S. (1948–2011)
Und für alle, die hoffen.

A.C.

Für alle Männer, Frauen und
Lebewesen, die von der Geschichte
und der Gesellschaft vergessen
worden sind.

R.B.

Du weißt nicht von mir, wenn du nicht ein Buch gelesen hast,
das Die Abenteuer von Tom Sawyer *heißt; aber das macht nichts.*

MARK TWAIN, *Die Abenteuer von Huckleberry Finn*

Sein Schicksal sollte ihn einen ganz anderen,
höchst unvermuteten Weg führen.
Doch das ist eine andere Geschichte
und soll ein andermal erzählt werden.

MICHAEL ENDE, *Die unendliche Geschichte*

Inhalt

Mich haben schon immer die möglichen Geschichten von Nebenfiguren begeistert. Sie finden keinen Schatz, beißen in keinen verwunschenen Apfel und beugen sich nicht zum Wunschbrunnen hinunter. Ihr Schicksal ist offen, und daher können wir uns ihre Vergangenheit und Zukunft so vorstellen, wie wir wollen. Da sie keine Helden sind, können sie den halben Tag mit dem Gesicht auf der Erde liegen, Stunde um Stunde mit der Zubereitung einer unsichtbaren Mahlzeit zubringen oder schneebedeckte Bergspitzen erkunden, ohne damit etwas anderes zu bezwecken, als Stoff zum Staunen zu finden.

Dieses Buch ist eine Hommage an sie alle – an diese vergessenen Gestalten und insbesondere an das Genie der Schriftsteller, die den geflügelten König Mono erfunden haben, das Schöne Mädchen mit dem azurfarbenen Haar, die Cheshire-Katze, die Verlorenen Jungs, den Schwanenkönig und Fuchur, den weißen Glücksdrachen. Die Autoren haben für diese Gestalten nur flüchtige Augenblicke geschaffen, die aber so wirklich sind, dass ich sie, von meiner Begeisterung getragen, ausdehnen wollte.

Adolfo Córdova

Die Geburt des Geflügelten Königs Mono

Die Frucht war wie eine kleine Sonne. Wenn es denn eine Frucht war. Der Affe pflückte sie vom höchsten Zweig des Baums. Sie war glatt wie die Haut eines Säuglings und kühl wie ein Bergbach. Sie hatte die Größe einer Apfelsine und ein süßes Aroma, leuchtete aber wie ein gelblicher Stern.

Der Affe starrte sie an.

Wenn andere Lebewesen schrien, plärrten, ihn warnten, so hörte er es nicht. Er sah nur die Frucht, die glühte, ohne dass sie heiß war, die in seiner Hand lag, ohne sie zu verbrennen, die in seine Augen stach, ohne sie erblinden zu lassen. Eine Frucht, die vielleicht eher einem Diamanten glich als der Sonne, mehr ein Mineral war als Licht, mit Adern wie winzige Flüsse, so kristallklar, dass sie jeden Hunger stillen musste, jeden Durst auch, alle Begierden, die den Mund des Affen wässrig werden ließen.

Er musste hineinbeißen. Er wollte sie fressen.

Er konnte nicht hineinbeißen. Er wollte sie ganz.

Er wollte sie verschlingen.

Als er sie an sein Maul heranbrachte und sie roch, wurden seine Pupillen so weit, dass sie das ganze Auge ausfüllten.

Als er sie hinunterschluckte, spürte er mit seinem ganzen Körper die Köstlichkeit des Nektars einer reifen Frucht, das Kitzeln der Mittagssonne, die Kühle der Bergspitzen.

Sein schwarzes Fell begann zu leuchten und nahm einen bläulichen Farbton an.

Die Farbe eines Raben.

Zwei orangefarbene Ringe ließen die Iris seiner Augen erstrahlen, die nun an Sonnen bei einer Sonnenfinsternis erinnerten.

Und er begann zu schreien.

Die anderen Affen wussten nicht, ob dies Lustschreie oder Schmerzensschreie waren. Der Affe sprang von Ast zu Ast, wollte zu ihnen gelangen, doch als sie sein leuchtendes Fell und seine Sonnenfinsternis-Augen sahen, erkannten sie ihn nicht und flohen.

Er spürte, wie sich etwas in seinen Rücken hineingrub.

Er drehte sich um.
Nichts war hinter ihm.
Wieder ein Reißen unterhalb der Schulter.
Er drehte sich um.
Nichts, er war allein.
Niemand hatte ihn verletzt. Es war nur eine weitere Wirkung der Frucht, der Sonne, des Diamanten, der Feuerkugel, die er geschluckt hatte.
Seine Knochen bogen sich, er hörte das Knacken von etwas, das sich ausdehnte, der Rücken schmerzte ihn nur an zwei gegenüberliegenden Wunden, Spalten, die sich aufgetan hatten, zwei schmerzenden Stellen: zwei schwarze feuchte Flügel wuchsen hier aus seinem Rücken – weiter als seine Arme, länger als seine Beine, so blauschwarz wie sein Fell.
Und er konnte sie bewegen, so, wie er seine Arme bewegte.
Und er spürte, dass sie stark waren, stark wie sein Greifschwanz.
Und als er sprang, fiel er nicht, würde er nie mehr fallen.
Der erste geflügelte Affe der Welt.

Sogleich hörten sie ein lautes Gekreische, begleitet von einem mächtigen Flügelschlagen. Es war die Bande der geflügelten Affen, die auf den Ruf herbeigeeilt war.
Der Geflügelte König machte eine tiefe Verbeugung vor Dorothy und fragte: „Was befielst du?"
„Wir möchten zur Smaragdstadt", sagte das Mädchen.

L. FRANK BAUM, *Der Zauberer von Oz*, 1900

Das Schöne Mädchen mit dem azurfarbenen Haar

Mit jedem ihrer Schritte werden Krieger zu Bäumen.

Unten hinein in die Erde dringen ihre Zehen durch das Leder der Schuhe, wachsen als Wurzeln tief in die Erde.

Nach oben hinauf in die Luft dehnen sich ihre Arme aus und vereinigen sich mit dem Blätterwerk einstiger Haare. Die helle Haut wird braun und hart. Die Beine sind nur noch ein einziger Stamm. Die Rippen streben als Astwerk dem Licht entgegen, und das Herz aus Harz beginnt, ein durchsichtiges kaltes Blut zu pumpen.

Die Krieger betrachten sich voll Schrecken; eingepflanzte Männer, fast ganz schon Bäume.

Bevor die Verwünschung sie auf immer taub macht, hören einige von ihnen noch die Schreie der Nachhut. Dort schreitet das Mädchen weiter voran.

Mit jedem ihrer Schritte erhebt sich ein Wind, scheuen die Rösser, wirbelt Staub auf. Die Männer verstehen nichts, wissen nicht, gegen wen sie sich verteidigen, wohin sie sich wenden sollen. Es genügt, dass sie an ihnen vorbeistreicht. Und dann ist es aus. Ein letztes Mal hören sie ein Rascheln, bevor die Hülle aus Rind ihre Ohren verdeckt.

Bäume.

Die Fee, das Schöne Mädchen mit dem azurfarbenen Haar, lächelt. Endlich sind Helme und Panzer zu sinnvollen Leibern geworden. Sie werden Schutzraum sein, Nester tragen, Feuerholz und Nahrung liefern. Die Männer werden länger leben als ein Krieg dauert.

Es wird Abend.

Ein paar Pferde galoppieren befreit unter dem Schatten, den ihnen jetzt die zarten Blätter bieten, ein paar Schwerter schlafen im Gebüsch. Der Wind verweht das Echo hunderter grausiger Schreie.

Später am Abend donnert es.

Und ein Gewitterregen badet den neuen Wald.

***

Das Schöne Mädchen mit dem azurfarbenen Haar öffnet zum ersten Mal die Augen. Sie liegt auf einer Wiese. Sie hört etwas schreien, steht auf und geht dem nach. Es ist nicht das Gras, das schreit, es ist ein Neugeborenes. Der Tau auf seiner Stirn ist schon getrocknet, und es ist ganz blau. Das Schöne Mädchen wiegt es in ihren Armen, und es hört auf zu schreien. Es sucht die Mutter, den Vater, das Haus. Nichts. Niemand ist in der Nähe. Das Mädchen ist eine Fee, geboren mit dem Schreien des Kindes, und muss von nun an immer auf das Kind achten, damit es in keinen Abgrund fällt, damit es nicht in den Fluss rutscht, damit es keine scharlachroten Beeren isst.

Plötzlich bewegt sich etwas im Gras. Das Mädchen dreht sich um. Zu spät, sie weiß es ...

Kaum haben sich die Wölfe gezeigt, da stürzen sie sich schon auf ihre Beute. Sie verschlingen das Kind und die Fee, die wie das Kleine stirbt, obwohl sie gerade erst geboren ist.

Das dichte Gras wogt sanft und still.

Ein Wirbelwind erhebt sich und fügt die Reste des Feenmädchens neu zusammen, zur Form einer Wölfin. Ihr Fell ist azurfarben, und ihre Augen sind weiß.

Bevor sie ihren ersten Schritt tut, riecht die Feenwölfin das Blut des Kindes, leckt die gerötete Erde und lässt an dieser Stelle einen Wacholdersprössling wachsen. Dann umkreist sie den winzigen Baum, lullt ihn mit einem Heulen ein und geht.

Während der Wacholder wächst und wächst, verbirgt sie sich im Wald, ohne irgendwen aufzuschrecken.

Ein weißlicher Mond scheint in der Mitte der Nacht.

Für eine lange Zeit streift die Fee als Wölfin umher. Sie hat kein Rudel. Sie schläft nie.

Sie sucht in Baumhöhlen, auf Flecken im Gras, in der Asche erloschener Feuerstellen. Bis sie eines Nachts endlich ein anderes Kind findet, ein weiteres ausgesetztes Kind. Es ist tot.

Die Wölfin leckt die Haut des Kleinen, und sogleich beginnt es, Wurzeln zu schlagen.

Zu spät hört sie den Jäger. Ein Pfeil durchdringt ihr azurfarbenes Fell.

Neben der toten Wölfin sprießt eine Lärche.

Ein Wirbelwild hebt die Wölfin in die Lüfte und fügt sie neu zusammen, mit schwarzen und weißen Federn und der blauen Krone. Zu einem Vogel.

Zu einem Kaiserspecht verwandelt, fliegt die Fee davon.

Und wenn der Jäger reumütig weiter nach seinem Sohn sucht, der sich im Wald verirrt hat, findet er seinen Körper nicht mehr im Gras, noch eine Spur von der Wölfin, die er mit seinem Pfeil erlegt hat.

Stattdessen sieht er eine Lärche, an der sich bereits rosige Blüten zeigen. Und er vernimmt das Tock-tock, das Hämmern eines schönen Vogels mit azurblauer Krone.

Lange Zeit fliegt die Fee als Kaiserspecht umher. Sie schläft nicht. Mit ihrem Schnabel schnitzt sie Kindergesichter in die Baumstämme. Und wenn sie fliegt, schaut sie nach unten.

Sie sucht.

Eines Morgens, es ist noch nicht hell, hört sie ein Stöhnen. Schnell fliegt sie dorthin, wo es herkommt, und entdeckt ein Mädchen mit geröteter Haut, das man in einen Haufen feuchten Laubs gezogen hat. Sie ist vielleicht sechsjährig.

Sie haben sie in die Tiefe des Walds gebracht und dort zurückgelassen. Ihre Eltern waren weit gewandert. Vielleicht hatte das Kind gebettelt, sie möchten doch umkehren, und sie hatten ihm gesagt, „nur noch ein wenig weiter“, und als es Nacht wurde und das Kind schläfrig, haben sie es zurückgelassen. Wer weiß, vielleicht hatten sie ihm zuvor noch einen Abschiedskuss gegeben.

Die Vogelfee weiß, dass das Mädchen keine weitere Nacht überleben wird. Wie die anderen auch wird es sterben, als Beute eines wilden Tiers oder des kalten Bodennebels. Deshalb fleht sie die Luftgeister an, ihr zu helfen, dass sie mit ihren Fingern aus Wind etwas Neues zusammenfügen, einen Zauber, der es retten kann. Dafür gelobt sie, die Eltern des Kinds zu suchen, um es zu rächen.

Die Geister nehmen das Angebot an. Sie schlagen vor, dass sie den Platz des Mädchens einnehmen soll; dies aber soll mit Vogelfittichen davonfliegen.

Es wird heller Morgen.

Die Tiere schauen zu, aus ihren Höhlen, verborgen hinter Büschen und Steinen.

Der Morgennebel löst sich auf.

Der Kaiserspecht fliegt auf, hinauf auf seinen Baum. Die Federn seiner Krone sind rot.

Ein Kind schreitet entschlossen voran. Der Wind flicht drei Zöpfe in ihr azurfarbenes Haar.

Mehrere Tage lang durchstreift das Schöne Mädchen mit dem azurfarbenen Haar den Wald. Als die Fee schließlich das Haus der Eltern erreicht, tun die so, als freuten sie sich, sie zu sehen.

„Sie hat azurfarbene Haare", denkt die Mutter.

„Sie hat überlebt", denkt der Vater.

Doch beide strecken nicht die Arme aus, um sie zu empfangen. Das Mädchen auch nicht; sie läuft auf sie zu, zwischen sie, berührt sie und läuft weiter. Hinter ihr ein letzter Schrei, bevor die Körper erstarren. Zwei Pappeln wachsen mit Gewalt empor und dringen durch das Dach aus Stroh.

Bäume.

Sie werden ihr Leben in Jahrhunderten zählen, mit vom Blitz versehrten Ästen.

Die Fee hat ihr Versprechen erfüllt, aber bleibt eine Weile noch im Dorf. Sie schaut nach den Kindern, beschützt sie vor ihren Eltern. Bis sie eines Tages Wiehern, Galoppieren, ein Aufmarschieren zum Krieg vernimmt. Sie eilt hin und trifft auf ein Heer, das mitten in den Feldern kampiert.

Die Soldaten entzünden ihre Fackeln und wollen das Dorf einnehmen. Das Feenmädchen geht weiter. Ein Ruf ist der Befehl, dass die Front voranrückt. Sie folgt so schnell sie kann. Die Soldaten nehmen sie gar nicht wahr: ein Waisenkind mehr, so klein, so unbedeutend.

Mit jedem ihrer Schritte erhebt sich ein Wind, scheuen die Rösser, wirbelt Staub auf. Die Männer verstehen nichts, aber sie läuft weiter zwischen den Heeren entlang, um auf Ödland Bäume zu säen.

Und ihre Saat ist groß.

Sie läuft immer wieder hin und her. Sie berührt das Aufgebot der einen wie der anderen Seite. Zuweilen lacht sie, und die anderen erschauern.

Bäume.

Nach einiger Zeit belohnen die Luftgeister, denn sie sind zufrieden, die Fee, indem sie für sie ein kleines weißes Haus bauen. Dort wird sie für Jahrhunderte leben, weit von den Menschen, in der Gesellschaft von Tieren, für die das Häuschen ihr Bau, ihre Höhle, ihr Nest ist.

***

Kein Mensch konnte je einen anderen vor dieser mächtigen Fee mit dem azurfarbenen Haar warnen. Die Zahl der Verschwundenen ist Legende. Nur die Kinder, die sich in den Wäldern der Fee verirren, gelangen heil zurück nach Hause. Die aber, die mit Pfeil und Bogen, Äxten und Flinten eindringen, kehren nie zurück. Sie ist mal ein Adler, eine Wölfin, ein Hase, ein Glühwürmchen, sie hat gelernt, sich zu verwandeln, doch bevor sie jemanden berührt, wird sie wieder zum Mädchen. Eine Berührung, und ihr Wald wird dichter.

Dann ruht sie sich aus. So lebt sie Jahre und Jahrhunderte in ihrem kleinen weißen Haus.

Bis ein König eines Nachts einen Traum hat.

***

Mitten in diesem riesigen Wald, in den so gut wie niemand eindringt, träumt ein König, wie er nach seinem Vater sucht, dem anderen König, der nie aus dem Krieg zurückgekehrt ist. Taumelnd wandert er durch das Dickicht, als er ein weißes Haus entdeckt, aus dem ein Mädchen tritt. Der König versteckt sich und beobachtet, wie sich ein anderer Mann dem Mädchen nähert. Er hat sich verirrt, bittet um Hilfe. Das Mädchen ergreift seine Hand, und der Mann beginnt, zu knarren und sich zu Ästen zu verbiegen. In seinem Versteck legt der König sein Gewehr an. Das Mädchen dreht sich um und sieht ihn an. Sie hat azurfarbenes Haar. Der König erwacht.

All die verschwundenen Heere, von denen die Sagen erzählen … sein eigener Vater … und die grauenvollen Schreie, die manch einer am Waldrand vernommen haben will … das ist sie. Diese Fee, die alle in Bäume verwandelt.

Ihn dürstet danach, benachbarte Königreiche zu erobern, doch ihm fehlt es an Kriegern dafür. Nun jedoch sinnt der König auf eine wahnsinnige Allianz – das Feenmädchen vorne vor seinen Heeren. Lange denkt er darüber nach und überlegt den ganzen Tag, wie er sich dem Mädchen nähern, wie er seine Gunst erwerben und es gefangen nehmen könnte. Und eines Nachts träumt er die Antwort.

Inmitten dieses endlosen Waldes, den fast niemand je betritt, sieht der König ein verirrtes Kind. Diesmal spricht das Mädchen mit sanfter Stimme, hält Abstand ein und bringt ihm einen Korb mit Brot und Honig. Der

Junge isst, und das Mädchen befiehlt den Vögeln, ihn sicher nach Hause zu führen. Niemand wird verwunschen. Der König erwacht.

Er schickt nach seinem jüngsten Sohn, Lorenzino, einem lebhaften und tatendurstigen Jungen. Er soll das Mädchen mit dem azurfarbenen Haar suchen gehen, ihm sagen, dass er sich verirrt habe, es um Hilfe bitten, sein Vertrauen gewinnen, mehrmals zurückkehren, es verliebt machen, dem Mädchen das Königreich und was sonst immer versprechen.

Das Mädchen ist eine mächtige Fee und wird ihm zum Sieg in mehr als hundert Kriegen verhelfen.

***

Seine Begleitung wartet am Waldrand auf ihn. Prinz Lorenzino wandert lange Zeit, bis er das weiße Häuschen sieht. Sein Herz schlägt schneller. Ihn interessiert nicht der Krieg seines Vaters noch das Königreich; er will die Fee kennenlernen und läuft zu ihrem Haus.

Das Schöne Mädchen mit dem azurblauen Haar liegt auf dem Bett und träumt. Die Fee hört, wie jemand laut an ihrer Tür klopft, fast verzweifelt. Sie steigt erwartungsvoll die Treppe hinab und öffnet. Bei ihrem Anblick lächelt Lorenzino. Er ist gerade einmal ein paar Jahre älter als sie. Staunend betrachtet er das azurfarbene Haar, den Blick einer Wölfin, die Anmut eines Vogels. Und lacht nervös.

Leise nur lacht der große Junge und will ihr zur Begrüßung die Hand reichen. Sie weiß nicht, ob er ein Kind oder schon ein Mann ist. Er lacht wie das eine, aber ist so kühn wie der andre.

Und er gefällt der Fee.

Doch sie weiß, dass ihre Natur es ihr verbietet, ihn zu berühren ... Er besteht darauf, sie zu begrüßen, will ihre Hand nehmen und spürt das Bedürfnis, ihr Haar zu streicheln ... Die Fee tritt einen Schritt zurück und verwandelt sich in ein sanftes Lamm. Jetzt darf Lorenzino sie streicheln.

Und so geschieht es viele Male, denn er kommt jede Woche zurück.

Man kann sagen, dass sie von einem Tag auf den anderen gewachsen und jetzt eine junge Frau ist.

Sie betrachten sich mit Abstand, sie nähern sich einander, ohne sich zu berühren. Bis sie sich in eine Füchsin verwandelt oder einen blauen Vogel und er ihr azurblaues Fell oder ihr bläulich schimmerndes Gefieder streichelt.

Der Prinz genießt es, tief im Wald zu schlafen, die Arme um sie geschlungen. Doch der König wird ungeduldig und fragt, warum er so lange braucht.

Der Sohn bittet um etwas mehr Zeit.

„Ich habe keine Zeit", antwortet der Vater. „Es ist bald Krieg."

Und auch Lorenzino spürt, dass er keine Zeit mehr hat.

***

Sie wandern gemeinsam. Die Fee möchte dem Prinzen den weißen Adler zeigen, der zum Wald gekommen ist, um den ersten Schnee anzukündigen.

Sie sucht ihn.

Sie sucht ihn in den Zweigen der Bäume. Dann meint sie, in der Ferne ein Galoppieren zu hören, sie ist abgelenkt. Lorenzino umarmt und küsst sie.

Sie hat ihn nicht zurückhalten können, hat keine Zeit gehabt, sich in eine Amsel, einen Hirsch oder ein Lamm zu verwandeln.

Oder sie hat es nicht wollen.

Und sie weint, die schöne junge Frau, die Lippen an die Rinde eines jungen Baums gepresst.

***

Es schneit im Wald.

Die vielen nadelbewehrten Zweige einer hochgewachsenen Pinie gewähren einer Fee Schutz, die sich an ihren Stamm lehnt. Sie betet, sie bittet die Geister der Luft, dass sie sie gehen lassen.

Sie ist schon oft gestorben.

Sie möchte, dass sie am Fuß der Pinie begraben wird, die doch Lorenzino ist, damit seine Wurzeln ihren Leib umschlingen, damit er sie von Neuem küsst und ihr azurblaues Haar streichelt. Die Geister flüstern ihre Antwort: „Nein. Noch nicht."

Die Fee hadert mit ihrer Unsterblichkeit.

Eines Tages, wenig später, hört sie Wiehern und Pferdegetrappel, ganz nahe. Es ist der König, Lorenzinos Vater, der einen Suchtrupp anführt und gerade das weiße Häuschen erreicht.

Die Fee verwandelt sich in einen Specht und fliegt hinauf in den Schutz der Zweige ihrer Pinie. Von dort sieht sie, wie der König und seine Soldaten ihr Haus anzuzünden versuchen. Doch der Wind hindert sie daran.

Daraufhin schießen sie auf die Tiere im Inneren, die bei der Fee leben. Sie hauen Bäume um, dann gehen sie …

Und der König stirbt in einem seiner Kriege.

Die Fee verlässt ihr Häuschen nur noch, um zu Lorenzino zu gehen, der Pinie, der manchmal so etwas wie das Echo eines leisen Lachens entschlüpft.

Sie vernachlässigt den Wald.

Hinter ihren Schritten wirbelt kein Wind mehr auf, niemand ist mehr in Gefahr, die Menschen beginnen wieder, in ihren Wäldern umherzuschweifen; sie kehren zurück, vergessen die schrecklichen Geschichten.

Sie lässt zu, dass sie so viele Bäume herausnehmen, wie sie wollen, und noch viel mehr. Nur nicht ihren.

Bis eines Tages die zornigen Luftgeister, während die Fee schläft, mit ihren Fingern aus Wind den Baum aus der Erde reißen und auf irgendein Dorf werfen. Was sie nicht weiß: Aus dem Holz machen die Menschen Feuerholz, schreinern Stühle und Tische, schnitzen Spielzeug und Marionetten …

Als sie entdeckt, was die Geister getan haben, klagt sie nicht. Sie weiß, es ist nur gerecht, weil sie ihre Natur als Fee verleugnet hat, die ihr inzwischen gleich ist.

Und sie schließt sich erneut in ihrem Häuschen ein. Und will schlafen bis zum Tod.

***

Und so schläft das Schöne Mädchen mit dem azurfarbenen Haar lange Zeit mit über ihrer Brust gekreuzten Armen. Die Fee hofft auf das Mitleid des Windes, wünscht sich einen Sarg. Sie träumt von den Tiefen der Erde, ihr Herz beginnt, kaltes durchsichtiges Blut zu pumpen. Sie erinnert sich an das Schreien des ersten Kindes, ihren Wolfskörper, die Kindergesichter auf den Baumstämmen … an sich selbst, als sie nur zwischen den Heeren entlanggehen musste, um Wälder im Ödland zu säen.

Sie träumt und träumt, durch die Jahrhunderte, bis zu dem Mal, als sie im Unterholz aufwachte.

Und sie wacht auf.

Sie hört eine Stimme, die sie auf der Stelle aufweckt. Jemand klopft an die Tür ihres Häuschens, mit Macht, beinahe verzweifelt.

Lorenzino! Es scheint Lorenzinos Stimme zu sein.

„Wer ist da?", bringt sie mit Mühe hervor. Sie geht ans Fenster. Er ist es nicht. Es ist eine Marionette aus Pinienholz. Eine lebhafte und freche Marionette, und sie bittet sie um Hilfe, wie ein verirrtes Kind ohne Eltern.

Als ob sie sie schon gekannt hätte.

„In diesem Haus ist niemand. Alle sind tot!"

„Kannst du es für mich öffnen?", flehte Pinocchio unter Tränen.

„Ich bin auch tot."

„Wieso bist du tot? Und was machst du dann in dem Fenster?"

„Ich warte, dass ein Sarg kommt und mich mitnimmt."

Nach diesen Worten verschwand das Mädchen, und lautlos schloss sich das Fenster.

„Ach, schönes Mädchen mit dem azurfarbenen Haar", schrie Pinocchio, „sei barmherzig und mach auf!"

CARLO COLLODI, *Pinocchios Abenteuer,* 1882–1883

Die Katze im Zug der Gedanken

„Welchen Weg soll ich heute einschlagen?", überlegte der Herzog, der am Fuß eines Baums saß. Schon langweilte er sich, weil er noch immer hier war, und zwirbelte die Spitzen seines Schnurrbarts, als er vernahm:

„Das hängt ganz davon ab, wohin du dich begeben willst."

Es war eine ganz feine Stimme, wie ein hohes Summen. Der Herzog öffnete die Augen weit: „Habe ich das wirklich gehört? Wo kam das her?" Es hatte sich so nah angehört, als sei es in seinem Kopf gewesen.

Er wartete einen Augenblick, sah um sich, dann über sich ... Nichts. Erneut zwirbelte er die Schnurrbartspitzen und fing schon wieder an, sich zu langweilen, als die kleine Stimme ergänzte:

„Du glaubst, du kennst alle Wege, doch nicht alle Wege kennen dich. Also los, sei nicht unhöflich und stell dich ihnen vor!"

Ganz entschieden befand sich diese Stimme in seinem Kopf. Doch es waren nicht seine eigenen Gedanken. Verwundert öffnete der Herzog den Mund, und summend flog eine Mücke heraus.

„Oje, was für ein dunkler Weg war das von deinem Ohr zu deinem Mund! Für meinen Geschmack zu feucht und zu salzig; ich hätte es lieber etwas süßer gehabt, mit ein wenig Blut im Zahnfleisch."

Und während die Mücke das sagte, schwoll sie an zur Größe eines Huhns.

„Wo kommst du her?", fragte der Herzog.

„Aus deinem Mund."

„Wie hast du meine Gedanken gehört?"

„Ich war doch in deinem Kopf."

„Aber ..."

„Wenn ich deine Frage beantwortet habe und du keine dummen Fragen mehr zu unbekannten Wegen, zu sprechenden Insekten oder Eisenbahnzügen hast, dann bin ich jetzt weg!"

Und mit einem letzten Summen flog sie davon.

Der Herzog schloss wieder den Mund. Das war das irritierendste Insektensummen, das er im Leben gehört hatte, doch eigentlich hatte er noch

Fragen zu einer Art von Zug. Er hatte einige Züge vorbeifahren gesehen, auch ihre Gleise, doch nie einen Bahnhof.

„Halt, warte mal, Mücke! Wie kann ich in einen Gedankenzug einsteigen?“

Keine Antwort.

Der Herzog stand auf und ging zu einem von Margeriten gesäumten Weg. „Du glaubst, du kennst alle Wege, doch nicht alle Wege kennen dich …“, erinnerte er sich, und da er seinen Mangel an Takt wiedergutmachen wollte, stellte er sich vor:

„Guten Tag, edle Margeriten.“ Er zog seinen Zylinder und verbeugte sich.

„Guten Tag, Sie eleganter Herzog“, antworteten die Margeriten im Chor.

Und eine von ihnen, die mit dem längsten Stängel, maulte:

„Wie oft sind Sie nur an uns vorübergegangen und hatten nie die Freundlichkeit, uns zu grüßen!“

„Ich wusste nicht, dass Sie sprechen können“, antwortete der Herzog, wobei er ganz betroffen tat. „Ich bitte Sie um Entschuldigung, meine schönen Damen!“ Und mit der einen Hand auf dem Herzen, während er die andere, die seinen Hut hielt, seitlich ausgestreckt hielt, verbeugte er sich so übertrieben, dass seine Stirn beinahe die Knie berührte.

Die Margeriten erröteten und sahen jetzt wie Nelken aus.

„Natürlich können wir sprechen“, ergriff jetzt die mit dem kürzesten Stängel das Wort, „aber nur mit denen, die das Wort an uns richten; alles andere wäre verlorene Liebesmüh. Warum sollten wir sprechen, wenn der andere vielleicht gar nicht antworten kann?“ – Zustimmendes Blumengemurmel. „Wie oft haben wir nicht dem Wind etwas zugerufen, nur um zu erleben, dass er unsere Worte mitnahm und nie mehr zurückgab!“

„Lügner, Betrüger, Räuber!“, schrien mehrere Nelken, als eine Windbö vorbeizog und schneller als gewöhnlich wieder verschwand.

„Es stimmt“, sagte der Herzog, „es gibt auch Züge, die vorbeifahren, ohne dass man einsteigen kann.“

„Wir besteigen ungern Züge“, sagte eine eitle gestreifte Nelke, die nicht gänzlich errötet war und immer noch ein wenig wie eine Margerite aussah, „außer natürlich, es gibt dort Tee und Tageslicht.“ Und alle Nelken lachten.

„Kamillentee?“, versuchte der Herzog zu witzeln.

„Natürlich nicht“, gab die Nelke sehr ernsthaft zurück.

„Jetzt weiß ich gar nicht, ob Sie mir mehr als Margeriten oder mehr als Nelken gefallen", wandte der Herzog sich wieder an die Blumen. „Sie sind in beiden Gestalten sehr schön!"

Die Nelken schüttelten sich nun, um ihren süßesten Duft zu verbreiten und ihm zum Geschenk zu machen, als er sagte:

„Und sagen Sie mir, welche anderen Kreaturen gibt es an diesem Weg?"

Empört schrien die Blumen auf, vollkommen beleidigt. Manche erbleichten so sehr, dass auf ihren Blütenblättern die allerfeinsten Nerven sichtbar wurden. Sie schenkten dem Herzog so gut wie keinen Duft mehr. Sie schüttelten sich immer noch, aber jetzt vor Empörung.

„Kreaturen? Was sind denn Sie für einer! Wir sind keine Krea-tu-ren", rief die gestreifte Nelke, „Kreaturen, das sind Einhörner in Jacketts oder Langusten, die dichten!"

Die versammelten Blumen wurden jetzt vor Wut so grün wie eine Wiese von *angelicas pachycarpas*.

„Geh doch und rede mit den Krea-tu-ren auf dem Schachbrett oder denen eines Kartenspiels, und richte künftig gefälligst kein Wort mehr an uns", sagte die ehemalige Nelke, die jetzt die grünste *angelica pachycarpa* war. Der Herzog ignorierte die ihm entgegengebrachte Verachtung und setzte das Geplauder fort, weil es recht unterhaltend war.

„Grüne Blumen?!", rief er aus und setzte sein verführerischstes Lächeln auf. „Ich wusste gar nicht, dass es grüne Blumen gibt, doch jetzt, da ich es weiß, gefallen sie mir am meisten, meine zarten Freundinnen." Und während er dies noch sagte, beugte er sein Knie bis auf die Erde. „Entschuldigen Sie die Plumpheit meiner Sprache, Sie schönen grünen Frauen!" Und er beugte sein Haupt bis zum Boden in der größten Verbeugung, die je gesehen wurde.

Doch die Blumen waren sehr verletzlich in ihrem Stolz. Sie wiegten sich nur ein wenig und nahmen einen neuen, blauen Farbton an, aber antworteten nicht.

Der Herzog verharrte in seiner Position mit der Stirn auf dem Boden.

Ein paar Blumen kicherten, andere tauschten sich über die Kleidung des Herzogs aus, und die hochmütigsten begannen, Liedchen zu singen, wobei sie sich von einer Seite zur anderen wiegten, als sei niemand in der Nähe.

Der Herzog wollte sich gerade aufrichten, da sein Nacken steif wurde, als etwas in seinen Blick geriet, das sich einige Millimeter vor seinen Augen bewegte. Es sah wie ein kleiner Junge aus. Obwohl er für ihn auf dem Kopf stand, konnte der Herzog erkennen, dass es sich wirklich um einen Jungen handelte, der seine Hände hinter seinem Rücken verbarg.

„Können Sie mir bitte sagen, welchen Weg ich einschlagen muss, um wieder nach Hause zu kommen?", fragte das Kind.

Der Herzog lächelte und antwortete:

„Das kommt vor allem darauf an, wo dein Haus steht, junger Mann."

„Ich weiß nur, dass es irgendwo ist", sagte der Junge, der kaum größer war als ein Samenkorn.

„Wenn es irgendwo steht, kann es doch auch gerade hier sein, anderenfalls wärst du vielleicht gar nicht hier", fuhr der Herzig fort.

„Aber wenn es nicht hier ist, wo ist es dann?", fragte der bohnengroße Junge.

„Irgendwo, vermute ich."

Der Junge betrachtete den wunderbaren Wald aus riesigen Blumen, der sich in Grüntönen vor ihm ausbreitete, und fand, dass er wie ein Beet von Smaragden aussah.

„Und wäre dieser Ort besser als dieser hier?", fragte der Junge, der jetzt die Größe eines Pfirsichkerns hatte, und zeigte auf die Blumen.

„Nicht besser und nicht schlechter, besser als kein anderer."

Der Herzog fand, dass der Junge sehr gewählt sprach, so elegant wie sein Hut, und das gefiel ihm.

„Was ist das hier für ein Ort? Sind alle hier Riesen?", fragte der daumengroße Junge.

„Hast du ‚Riesen' oder ‚Wiesen' gesagt, junger Mann?"

„Riesen."

„O ja, wir sind alle riesig. Vor dir dehnt sich ein Wald von zarten grünen Blumen aus, hinter dir wirst du einen Bach finden – ein reißender Fluss für dich … danach wirst du mein gewaltiges Haus entdecken, und darin meine riesige Frau, die Herzogin, meinen Sohn, ein Riesenbaby mit der Schnauze eines Ferkels, und unsere Köchin, die an alles viel zu viel Pfeffer gibt. Weil ich es ihr gesagt habe oder weil sie einfach nur Lust dazu hat, habe ich vergessen."

„Ich mag nicht unter Riesen sein", sagte das Kind aus Liliput.

„Schade, junger Mann, aber auch du bist ein Riese für ein Staubkorn …" – der Junge senkte sein Haupt. „Du solltest lieber einmal darüber nachdenken, welchen Weg du nicht einschlagen möchtest, und dann nimmst du den anderen. Gewiss wird dieser Weg dich zu einem Ort führen, der nicht dieser ist, und vielleicht findest du da ein neues Zuhause … oder den Bahnhof eines Gedankenzugs, und in dem Fall sag mir bitte Bescheid!"

Dem Herzog kam es so vor, als sehe er winzige Tropfen auf dem Gesicht des Jungen.

„Aber wein doch nicht, junger Mann!", sagte er zu ihm. „Sieh mal, wenn du weit genug wanderst, findest du hinter der Wiese der grünen Blumen, wenn du auch an dem Haus des weißen Kaninchens vorbei bist, eine Hütte mit einem großen Backofen davor. Da wohnt die Tragische Bäckerin, die Schwester unserer Köchin, und bäckt Kuchen und magische Kekse, die manchmal schon Kleine haben wachsen und Große schrumpfen lassen. Geh zu ihr und bitte sie um Hilfe … wenn dir deine Größe noch immer Sorgen macht."

Der Junge mit der Größe eines Blättchens sah auf seinen Körper, dann auf das breite Lächeln des Herzogs mit seinen ultraweißen Zähnen und lief davon. Er wusste nicht, was die richtige Größe für ihn war, noch, wo er hingehörte, doch bevor er in die grüne Wiese eintauchte, drehte er sich um und betrachtete noch einmal das ungewöhnliche, auf dem Kopf stehende Lächeln. Und lächelte auch.

Der Herzog verharrte so lange mit der Stirn am Boden, dass er bereits Wurzeln schlug.

„Seltsam", dachte er, als er die Wurzelfäden bemerkte, die sich an die Erde klammerten. „Ich frage mich, ob da nicht Blumen aus meiner Krone wachsen."

Während er noch überlegte, ob er noch eine Weile so verharren sollte, um das feststellen zu können, hörte er zwei winzige Stimmen sich streiten:

„Ich bin weniger tot als du!"

„Das stimmt nicht! Ich war noch gar kein verwesender König, als dir schon diese Gräte im Hals steckengeblieben ist!"

„Mir ist diese Gräte im Hals steckengeblieben, als sie dich längst schon einen Kopf kürzer gemacht hatten!"

„Als sie mich geköpft haben, warst du schon kälter, blauer angelaufen und stinkender als der Fisch, den du gegessen hast."

„Als ich diesen Fisch gegessen habe, war dein Kopf schon weiter gekullert als ein Krocket-Igel."

„Blödsinn! Ich weiß überhaupt nicht, wie Krocketspielen geht. Es ist unmöglich, dass mein Kopf bei so etwas mitgespielt hat!"

„Du kannst dich nicht daran erinnern, weil du schon tot warst!"

„Unmöglich! Ich hätte ja lebendig sein müssen, um mitspielen zu können, tot kann man nicht spielen!"

„Oder du hast so schlecht gespielt, dass du am Ende tot warst!"

„So tot wie das Fischskelett, das in deinem Hals steckengeblieben ist."

„Das hat nicht mich umgebracht, sondern den Kellner!"

„Erinnere mich nicht an diesen Kellner!"

„Meine Suppe war kalt!"

„Wie deine Füße?"

„Wie meine Krone!"

„Dann warst du das!"

„Ich bezweifle, dass ich es war."

„Doch, der König, der vor meinem Fisch geköpft worden ist."

„Es gibt Kronen ohne Könige und Könige ohne Gold."

„Und Tote ohne Grab."

„Und vergiftete Fische mit spitzen Gräten, wie den, den ich dir habe servieren lassen."

„Der mich aber nicht sogleich umgebracht hat."

„Jedenfalls bevor ich gestorben bin."

Inzwischen konnte der Herzog sie erkennen.

Es waren keine in Ritterrüstungen gesteckte Bettwanzen noch zankende Linsen oder zwei Flöhe aus einem Flohzirkus. Der Herzog machte seine Augen weit auf, und er hatte den Eindruck, dass sie mittlerweile gewachsen waren, und er sah sie deutlich: Es waren zwei recht ansehnliche Staubkörner, pummelig, grau, schmutzig und mit einem Panzer aus Schlamm, der von ihnen abfiel, während sie stritten.

Er pustete sie fort und konnte dabei noch hören, wie das eine das andere erneut zu töten drohte, damit Staub zu Staub würde.

Wenn der Herzog nicht selbst wieder zu Erde werden wollte, musste er seine Stirn vom Boden lösen.

Er musste heftig ziehen, um die Wurzeln zu zerreißen, die aus ihr gewachsen waren, und um eine Schlingpflanze loszuwerden, die sich um seinen Hals gelegt hatte und ihn bereits zu erdrosseln drohte.

Schnell entfernte er sich von diesem Ort, während er das Kichern der Blumen hörte, die sich über ihn lustig machten. „So viele seltsame Begegnungen!", dachte er und lief weiter zu den Schienen dieses Zuges, der seine Gedanken beherrschte. Immer schon hatte er ihn besteigen wollen, doch es war unmöglich, den Bahnhof zu finden. Er kannte die Gleisstrecke, doch was nützen Gleise ohne Zug? Er musste einfach irgendwo einsteigen. Wie viel wurde nicht über Reisen in Gedankenzügen erzählt! Vielleicht reichte es ja schon, hinzugehen und sich höflich den Gleisen vorzustellen, wie es ihm die Mücke empfohlen und wie er es bei der Wiese der Margeriten-Nelken-*angelicas pachycarpas* getan hatte.

Auf einmal spürte er einen heftigen Schmerz im Hintern, seine Schultern stülpten sich nach außen, seine Schnurrbarthaare brannten, und er ließ das Miauen einer Katze vernehmen ... – anscheinend waren ihm die Kekse, die er am Morgen gegessen hatte, nicht bekommen.

***

Die Tragische Bäckerin rührte und rührte mit dem Kochlöffel im Topf, dann hielt sie an, um sich noch einmal die Zutaten zu vergegenwärtigen:

Ziegenhufe, Schlamm vom Teich, Augenwimpern von einem Hirsch und strahlend orangener Orangensaft.

Jawohl.

Eine Prise verbranntes Haar. Irgendwelches Haar. Von einem Tier (das Haare hat).

Und dann:

Mischen, rühren und ruhen lassen, bis der Brei vermodert ist.

Gut so.

In runde Formen gießen und im Ofen backen, bis die Warzen herauskommen.

„Wenn es diesmal nicht gelingt, werde ich mich das nächste Mal selbst backen", dachte die Bäckerin und hoffte innig, dass es nicht gelingen sollte, denn sie kannte nichts Besseres, als die Nacht im Backofen zu verbringen (vor allem im Winter) und gut gewärmt und frisch gebacken aufzuwachen.

Zuweilen süß, zuweilen bitter (wie ihre Schokoladen) hatte die Bäckerin die Haut eines verbrannten Brotes. Jahre hatte sie damit verbracht, sich selbst zu backen, jedes Mal, wenn ihr ein Rezept nicht gelang. Sie war so verbrannt, dass sie zu Asche hätte zerfallen können, doch sie überlebte und blieb treu bei ihrem Backhandwerk von Zufällen und Katastrophen, wenn sie für ihre Kundschaft von Unzufriedenen backte.

Wenn sie die Rezepte aus dem Buch nicht verstand, das sie von ihrer Mutter geerbt hatte – *Verfluchte Küche: der Schrecken des Gaumens* –, improvisierte sie einfach; und wenn sie einmal eine Zutat nicht hatte, ersetzte sie sie durch eine mit üblem Geschmack.

Wenn ihr die Spinnenbeine ausgingen, nahm sie einen Skorpion, und wenn ihr die Wimpern eines Stinktiers fehlten, versuchte sie es mit der Augenbraue einer Fliege. Sie gelangte zu ganz unerwarteten Mischungen und gruseligen Ergebnissen. Manchmal bewirkte ein schwarzes Küchlein, das eigentlich Flügel wachsen lassen sollte, dass sie die Augen einer Wespe bekam und dass an ihren Fußsohlen lauter Zungen explosionsartig hervortraten. Weniger Zucker, mehr Haar oder das richtige Maß Eierschale führten zu unterschiedlichen Ergebnissen des Zaubers: Nasen wurden verbogen, Ohren vervielfacht und siamesische Zwillinge getrennt.

Die Bäckerin hatte viel Spaß.

Von ihren erprobten und gewohnten Süßspeisen waren die berühmtesten der „Niemehrgeburtstag" (ein Spezialkuchen, der die Geburtstagskinder umbrachte), das „Ich-sehe-alles-doppelt-oder-bin-völlig-betrunken" (Doppelkekse, dank deren man alles doppelt sieht), die „Mach-doch-endlich-reinen-Tisch" (eine Torte, die man Sterbenden gibt, um ihren Abschied zu beschleunigen und noch etwas schmerzhafter zu gestalten), das „Elixir des blinden Herzens" (ein Gebräu, das blind macht für die Liebe eines anderen), die Kollektion „Unvorhersehbare Stimmungen" (Kekse, die berühmt dafür waren, dass sie den Körper wie den Charakter veränderten und hervorragend geeignet waren, anderen Streiche zu spielen, wenn sie etwa goldene Schlüsselchen auf riesigen Tischen präsentierten, aus dem Nichts heraus zu heulen begannen oder Feinde wie Kakerlaken zerquetschten).

Sie war keine Hexe. Hexen langweilten sie. Sie war nur eine (tragische) Bäckerin.

Einmal hatte ihre Schwester, die für die Herzogin und den Herzog kochte, sie um einen „Gute-Wünsche-Windbeutel" gebeten, weil ihre Chefin das allerlieblichste Baby zur Welt bringen wollte.

Das Rezept hatte keine besonders gute Wirkung.

Wenig bewandert in der Erfüllung „guter" Wünsche tat die Bäckerin, was sie konnte (ohne sich allzu große Mühe zu geben), und die Herzogin gebar einen rosigen Knaben mit einer Ferkelschnauze. Vielleicht, weil die Bäckerin da, wo es hieß „Geben sie eine Engelslocke hinzu!", den Ringel-

schwanz eines frischgeborenen Schweinchens dazugegeben hatte (sie sagte, beides rieche gleich).

Der Ferkelsäugling der Herzogin wollte nicht aufhören zu schreien, bis man ihn in den Stall ließ. Dort verwandelte er sich von einem Baby zu einem Ferkel und krabbelte nach einigem Wühlen wieder zurück in seine Wiege.

Ein anderes ihrer beliebtesten Rezepte wiederum, die „Verwunschenes-Tier-Kekse", war eine todsichere Sache.

Der Gatte der Herzogin, der Herzog, war bekannt (und anerkannt) dafür, dass er mehr Zeit außer Hauses als zu Hause verbrachte (einmal verlieh die Herzkönigin ihm sogar eine Urkunde dafür). Er war die „Seele der Höfe" und brauchte nur zu lächeln, um jede junge Dame zu erobern, die er begehrte. Er ließ keinen Ball und kein Krocketspiel aus. Die Herzogin hatte einigermaßen genug von ihm.

Angeblich lächelte er sie niemals verführerisch an (was stimmte), noch sprach er interessiert und besonders beredsam mit ihr (was ebenfalls stimmte). Deshalb drohte sie ihrer Köchin, beide Köpfe abschlagen zu lassen, ihren und den ihrer Schwester, wenn diese nicht einen „Verwunschenes-Tier-Keks" backte, der ihren Mann in einen Hund verwandelte.

„Mach einen Hund aus ihm!", befahl sie der Bäckerin. „Ich möchte ihn stets zu meinen Füßen haben."

„Möchten sie nicht lieber eine Katze?", fragte die Bäckerin, denn sie erinnerte sich, dass sie in ihrer Vorratskammer Katzenschwänze, aber nicht die von jungen Hunden hatte.

„Einen Hund!"

„Aber Hunde sind schmutzig ..."

„Umso besser, der Herzog kümmert sich viel zu sehr um seine äußere Erscheinung!"

„Natürlich, doch ich hätte ungern einen Sack Flöhe, der mir im Haus den Weg versperrt ..."

„Noch?"

„Noch Hundekot auf den Möbeln oder Hundesabber in der Suppe ..."

„Nein, natürlich nicht!"

„... oder den ganzen Tag zusehen zu müssen, wie der Hund mit dem Schwanz wedelt, wenn er glücklich ist, oder jedes Mal wie verrückt knurrt und bellt, wenn eine Riesenmücke vorbeifliegt, oder ..."

„Im Namen der Königin, mir geht es genauso! Was für eine Zeitverschwendung!"

„Dann ist es eine Katze, die Sie von mir verlangen."

„Ja, mach eine Katze aus ihm, und dann sehen wir einmal, wie er miaut."

„Sehr gerne, Herzogin!"

Die Bäckerin hatte einige Erfahrung mit dieser Art von Verwandlung. Sie war der gebildeten Sprache und der Rauchwolken, die ihren eigenen Mann stets umhüllten, überdrüssig geworden und hatte ihn in eine Raupe verwandelt. Doch die Raupe war genauso ein Besserwisser oder noch schlimmer, und sie hatte sie aus dem Haus gejagt.

Ja, sie konnte mit Leichtigkeit einen Mann in ein Tier verwandeln (sie pflegte zu sagen, dass der größte Teil der Arbeit ja bereits erledigt sei), doch dabei bewahrte der Mann immer einige seiner Charakterzüge. Deshalb war sie sich nicht sicher, ob die Herzogin ihren Katzengemahl würde an ihrer Seite behalten wollen, und bezweifelte erst recht, dass es ein Ende mit seinem Verschwinden oder seinem bezaubernden Lächeln haben würde.

***

Als er an den Eisenbahnschienen anlangte, hatte der Herzog sich bereits in eine Katze verwandelt. Das Brennen in seinem Schnurrbart, und hinten wuchs ihm ein Schwanz! Auf dem Buckel ein gesträubtes Fell, und ein leises Miauen: eine Katze!

„Eine Katze? Wie kann das sein?", fragte sich der Herzog. „Bin ich verwunschen?"

Doch alle mochten ihn. Ob das die gelbliche Frucht war, in die er hineingebissen hatte, als er am Fuß des Baumes lag? Wie seltsam!

Er war gut gelaunt und fühlte sich verjüngt. So beschloss er, die Sache mit seiner Verwandlung später anzugehen und sich erst einmal den Schienen vorzustellen, die vor ihm lagen. Er hoffte, dass sie ihm verrieten, wie er den Zug zum Halten bringen konnte. Gleich ob Katze oder Herzog – er wollte in diesen Zug einsteigen!

„Guten Tag, endlose Schienenstränge, könnten Sie vielleicht Ihren Zug anhalten lassen, damit ich hineinsteigen kann?" – die Herzogkatze machte zur Begrüßung eine Drehbewegung mit ihrer Pfote (Hand?) und vollführte dadurch eine unerwartete Drehung in der Luft. Sie konnte in der Luft schweben! (Vielleicht hatte die Bäckerin zu viel Wolkendampf genommen;

der ist sehr günstig zu haben). Sie machte eine Drehung, dann noch eine und landete, als der Zug gerade vor ihren Pfoten (Füßen?) stehen blieb. Es hatte geklappt! Gesegnet sei die kluge Mücke, die seinem Kopf entschwirrt war!

Ein Kugelfisch, der der Schaffner war, kündigte den nächsten Halt an:

„Passagiere nach Cheshire! Cheshire! Passagiere von Cheshire nach Cheshire! Einsteigen!"

Hoffnungsvoll tat die Herzogkatze einen Schritt voran, doch ein Polizeihund hielt ihn zurück.

„Nur Passagiere nach Cheshire können einsteigen", sagte er.

„Ich bin unterwegs nach Cheshire", log der Herzog, der noch nie von dieser Gegend gehört hatte.

„Unmöglich!", fuhr der Polizeihund fort. „Man kann nur nach Cheshire, wenn man sich in Cheshire befindet."

Die Katze blickte ihn scharf an.

„Aber das ist unmöglich", sagte sie.

„Stimmt, genauso unmöglich wie, dass Sie in diesen Zug steigen", bellte der Hund.

Die Herzogkatze wedelte vor Ärger mit dem Schwanz.

„Es ist doch unmöglich, dass Sie mich nicht erkennen!", sagte sie. „Ich bin aus Cheshire, von Cheshireblut, ebenso Cheshire wie mein Cheshire-Katzengrinsen, das in Cheshire darauf wartet, auf der Stelle nach Cheshire gebracht zu werden! Ich fauche, wenn ich zufrieden bin, und wedle mit dem Schwanz, wenn ich wütend bin … guck!"

„Gut, wenn das so ist, steigen Sie ein; es wird aber nur eine kurze Strecke sein."

Der Herzog mochte es nicht glauben: endlich im Zug der Gedanken!

Es war so dunkel, dass er nicht wusste, ob er einen Gang hinunterging oder einen Kaninchenbau. Das Geräusch der Lokomotive hörte so oft auf, dass man glauben konnte, sie verfolgten eine Schnecke. Es war heiß und roch nach Heu.

„Vorsicht vor den Eseln!", rief der Kugelfischschaffner, und die Herzogkatze hörte ein Galoppieren hinter sich, infolgedessen sie einen Sprung in die Luft machte. Unter der Decke schwebend verharrte sie. Diese neue Lage war recht bequem.

Nach und nach wurde es weniger dunkel, wie wenn sie gerade einen Tunnel verließen, und der Herzog blickte von oben auf Dutzende brauner

Rücken hinab, die paarweise den Gang entlangliefen, und dachte: „Wie unbequem es diese armen Esel haben. Tja, es gibt bequemere Gänge als andere. In wie vielen Gängen bin ich in meinem Leben wohl schon gewesen? Welchem Leben? Das des Herzogs? Oder meinem ersten Katzenleben? Katzen leben zwar nicht länger als Herzöge, aber sie können mehrere Leben haben. Ob es wohl junge Katzendamen dort drüben gibt? Ich liebe diesen Zug der Gedanken."

Als die Eselhorde vor einem der Abteile im Zug zu stehen kam, war der ganze Gang hell beleuchtet. Die Katze schaute aus dem Fenster. Sie waren durch keinen Tunnel gefahren. Alles verdunkelte sich wieder, und als es erneut hell wurde, sah er ein Mädchen laufen. Das Licht im Zug kam und ging, so, wie es Nacht und Tag wird, wenn jemand immerzu die Augen öffnet und schließt.

„Cheshire! Cheshire! Nächster Halt: Cheshire!", rief der Hund.

Es war schrecklich, der Zug war keine vierzig Sekunden lang gefahren, und er fuhr so langsam, dass er sich praktisch nicht vom Fleck gerührt hatte. Die Herzogkatze hatte gerade erst angefangen, es zu genießen, als der Zug nach einem letzten „Cheshire!" hielt.

„Raus mit dir, Katze!", bellte der Polizeihund.

„Welches ist der nächste Halt?", fragte der Herzog. „Ich glaube, ich würde gerne weiterfahren."

„Der nächste Halt ist unter Wasser, und ich sehe nicht, dass Sie an den Seiten Kiemen haben." Und während er das noch sagte, packte er die Katze am Nackenfell (oder Kragen?).

Die Katze fuhr ihre sehr langen (aber sauberen) Krallen aus und wollte irgendwie entwischen, einfach nur verschwinden, und … sie verschwand!

„Wie praktisch! So praktisch wie ein Messerbänkchen. Ich kann schweben und verschwinden. Ich glaube, ich habe Hunger", überlegte die Herzogkatze und fauchte vor Vergnügen, als sie sah, wie der Polizeihund sie suchte: Er schnüffelte an den Teppichen, guckte in den Abteilen nach und suchte die Decke ab …

Der Herzog wanderte in der Luft, unsichtbar und leicht, bis er aus dem Fenster etwas sah, das in der Tat überraschend war: andere Katzen wie er. Sie stiegen aus dem Zug, machten große Sprünge, verschwanden und erschienen wieder oben in der Luft, auf Zweigen in der Form von Schnurrbärten, zwischen geschwätzigem orangefarbigem Gras und munteren Bächlein … War er wirklich in Cheshire? Woher kamen die Katzen, die so

Der Baum
WENDY HEIRATET!
FESTBANKETT

waren wie er? Vielleicht sollte er aussteigen und seine gerade entdeckten Artgenossinnen kennenlernen? Gab es diese Art wirklich? Hatte er sie am Ende nicht selbst erfunden? Aber er war doch gerade erst in den Zug gestiegen und wollte weiterreisen, er hatte auch Hunger, und sicher würden sie schon bald das Abendessen servieren. Und so blieb er.

Er trat in ein mit Samt ausgeschlagenes Abteil am Ende des Waggons und traf dort auf einen Mann, der eigentlich nur ein Anzug aus Papier ohne Körper war, eine Ziege mit einer Weste und Augengläsern, allerdings ohne Augen, und mit dem Körper eines Pferdes ohne Kopf, allerdings nur von der Größe eines Ponys. „Das muss ein Pony sein", dachte der Herzog. „Was wohl aus den Ponys des As-Prinzen geworden ist? Und aus der Prinzessin? Und dieses Mädchen, das ich habe vorbeilaufen sehen, wer mag das wohl gewesen sein? Ich sollte besser die Herren hier begrüßen."

„Guten Tag!", machte sich die Katze bemerkbar.

Jetzt, da er ihnen ins Gesicht sah (außer dem Pony ohne Kopf), fand die Herzogkatze, dass sie ziemlich steif, blass und fast durchsichtig waren. Weder bewegten sie sich noch sprachen sie.

„Guten Tag", wiederholte der Herzog.

Keine Antwort. Jedenfalls nicht von ihnen.

„Sie werden dir nicht antworten, mein Geist. Das sind gerade erst ausgedachte Gestalten, sie gibt es eigentlich noch gar nicht." Das war die Stimme der Mücke.

Schon wieder diese Mücke, die alles besser weiß. Was heißt, es gibt sie nicht? Ob sie Speisen in diesem Zug servieren? Ich hoffe nur, dass die nicht unsichtbar sind. Ob das Essen zu Hause schon fertig ist? Ob noch welche von den Keksen übrig sind, die meine verliebte Herzogin mir geschenkt hat? Wo habe ich nur meinen Hut gelassen? Wie gut diese Kekse doch geschmeckt haben! Die Herzogin ist noch genauso verliebt wie zu der Zeit, als wir uns kennengelernt haben. Diese Mücke soll mich in Frieden lassen! Wie spät ist es?

„Es ist noch früh, und ich bin in deinem Kopf und kann alles hören, was du denkst", sagte die Mücke.

„Hä? Wann habe ich dich schon wieder verschluckt?"

„Nein, nein, du hast mich nicht verschluckt; ich bin durch dein Ohr gekommen, als ich dich in den Zug habe steigen sehen."

„Also gut, mein Herr in meinem Kopf, du sagtest, dass es diese Subjekte da vor uns noch gar nicht … gibt?"

„Du musst warten, bis es im Zug wieder dunkel wird, und wenn es dann wieder hell ist, sind sie bestimmt fertig."

„Was bitte? Wie?"

„Mann, du bist schwer von Begriff! Du befindest dich in einem Zug der Gedanken. Hier reisen Wesen, die von anderen ausgedacht werden", fuhr die Mücke fort, „und sie tauchen auf und verschwinden wieder wie Gedanken. Manchmal tun sie das mit solcher Gewalt und so großer Hast wie eine Stampede von Zebras oder eine Herde Esel oder eine Rabenbande oder eine Katzenhorde. Manchmal aber sind sie nur ein Wimpernschlag, wie ein laufendes Kind, und dann nichts. Oder sie erscheinen nach und nach und brauchen länger, um sich zu vervollständigen."

„Wie wenn ich mir ein Ei koche", sagte die Herzogkatze.

„In jedem Abteil gibt es unterschiedliche Wesen; sie steigen fortwährend in den Zug ein und wieder aus, während wer immer sie sich gerade ausdenkt seine Augen öffnet und wieder zumacht."

„Ich! Ich habe mir diese Cheshire-Katzen ausgedacht!"

„Kann sein ... aber ich glaube nicht, dass du noch länger hierbleiben kannst, Katze. Es war eine gute Idee – deine oder die von jemand anderem ..."

„In Wirklichkeit bin ich ein Herzog."

„Du warst ein Herzog. Jetzt bist du eine Cheshire-Katze."

Der Herzog zwirbelte die Enden seines Schnurrbarts.

„Einverstanden, aber vorher war ich ein Herzog."

„Bist du etwa, was du warst, hä?"

*Ob sie Margeriten-Nelken-*angelicas pachycarpas*-Tee servieren? Und Sardinen?*, fragte sich der Herzog, blickte starr geradeaus und ignorierte die Frage der Mücke.

„Du bist eine Katze ... und hast behauptet, aus Cheshire zu kommen. Und deshalb bist du eine Cheshire-Katze. Du bist, woher du kommst. Und du musst aus diesem Zug aussteigen, weil du eine vollständige Gestalt bist, mit einem Namen und allem."

„Aber ich möchte mich in die Unterwasserwelt begeben und andere Gedanken kennenlernen. Ich möchte nicht aussteigen, Mücke."

Überall im Abteil wurde es auf einmal dunkel, und als es dann wieder hell war, hatte der in Papier gehüllte Mann einen Körper, die Ziege mit den Augengläsern hatte Augen, und das Pony bestand nun nur noch aus Kopf. Aber alle hatten Farbe und nahmen Platz ein – und konnten sprechen!

„Wir haben jemand anderes erwartet", sagte der papierne Mann. Man hat uns gesagt, wir würden mit einem Mädchen sprechen."

„Tut mir leid", entgegnete die Herzogkatze, „vielleicht sollte ich nicht hier sein, und doch bin ich hier."

„Du kannst gehen, wann du möchtest", sagte die Ziege, „oder bleiben oder per Briefpost wiederkommen oder bis zum Ende des Buchs bleiben, indem du von Seite zu Seite springst, niemand wird dich davon abhalten. Aber komm mir nicht zu nahe: dann spring ich aus dem Fenster."

Diese Ziege ist doch wirklich noch verrückter als die Herzkönigin, dachte die Herzogkatze. *Wohin wird uns der Zug der Gedanken noch bringen? Wer ist der Lokomotivführer? Bin ich der Gedanke von jemand anderem? Habe ich die Cheshire-Katzen erfunden? Und wenn es die Katzen von Daresbury oder York gewesen wären? Ich glaube, ich hätte jetzt gern einen Schinken.*

Ein leises Klopfen an der Abteiltür unterbrach ihre Gedanken, die gerast waren, seit sie den Zug bestiegen hatte.

Es war der Kugelfischschaffner.

„Die Fahrscheine, bitte! Die Fahrscheine!", rief er, und die Katze, die ja als Schwarzfahrer unterwegs war, wollte da doch lieber verschwinden – und verschwand.

Alle entfalteten nun ein Papier, fast so groß wie eine Wand, auf dem ihre Namen geschrieben standen und ihre besonderen Merkmale.

„Aber hier steht, dass die Ziege einen Hut trägt, und Sie haben keinen", bemerkte der Kugelfischschaffner scharf.

„Aber natürlich trage ich ihn, ich trage ihn natürlich", sagte die Ziege, „und er ist so groß, dass er meinen ganzen Kopf bedeckt."

„Was behaupten Sie da? Ich sehe keinerlei Hut."

Und die Ziege begann, auf ihrem Platz herumzuspringen, und meckerte:

„Er ist so groß wie mein ganz normal großer Körper, so groß, dass er mich von den Hörnern bis zur Nase bedeckt, vom Kragen bis zum Gürtel und weiter bis zum Schwanz und zu den Beinen und den Hufen. Er bedeckt meinen Kopf und meinen ganzen Körper. Es ist ein sehr wertvoller und passender Hut! Sehen Sie ihn nicht?"

„Sie sind verrückt! Selbstverständlich nicht!", rief der Fisch, blähte sich plötzlich auf und fuhr seine Stacheln aus. Doch die Ziege fuhr fort zu meckern:

„Der Hutmacher selbst hat ihn gemacht! Er hat ihn mir aufgesetzt, doch ich kann ihn absetzen, wann ich will. Schauen Sie, wenn Sie ihn sehen können, und wenn nicht, suchen Sie sich andere Augen."

Die Katze, noch immer unsichtbar, amüsierte sich prächtig. Dieser Zug war noch viel extravaganter, als sie gedacht hatte.

„Sie sind offenbar eine Betrügerin und werden den Zug verlassen müssen. Auf Ihrem Fahrschein heißt es, dass Sie eine Ziege mit Augengläsern, Weste und Hut sind, und Sie haben keinen Hut. Ich werde den Polizeihund rufen, damit er Sie vor die Tür setzt!"

„Aber Herr Fisch! Ob Sie es erkennen oder nicht, sehen Sie mich, wie ich bin. Ich habe einen maßgefertigten Hut. Ein wenig Wind für das Kind, und einen Ziegenhut für die Ziege."

„Polizei!", rief der Kugelfischschaffner.

„Er steht mir doch so gut, wie können Sie ihn da nicht sehen! Sie sollten sich einen für einen Kugelfisch geeigneten Hut machen lassen – eine Melone, damit sehen Sie bestimmt besser aus!"

Und in diesem Moment beendete die Ziege ihren Redeschwall und zog ihren Hut in Form einer Ziege aus, der sie von den Hufen bis zu den Hörnern bedeckte. Darunter befand sich die wahre Ziege mit derselben Weste und denselben Augengläsern.

Was für ein großartiger Hut!, dachte die Herzogkatze und konnte nicht ihr Grinsen verbergen, das in das Abteil leuchtete, während es erneut dunkel wurde.

Als es wieder hell wurde, war niemand mehr da.

Der Herzog hörte Möwen schreien.

„Demnächst Tauchgang!", bellte der Polizeihund. „Ziehen Sie jetzt ihre Kiemen und Gräten an!"

Der Zug beschleunigte und gelangte zum Rand eines Kliffs, von dem aus er mit der Anmut eines Delphins ins Meer sprang. Er drehte sich ein paar Mal in der Luft, die Lokomotive spie einen Wasserschwall aus dem Schornstein und fiel kopfüber in den Ozean.

Meerblau durchflutete es alle Abteile, während der Zug mit Höchstgeschwindigkeit in die Tiefe hinabfuhr.

Die Katze war bezaubert. Sie hatte keine Kiemen zum Atmen, aber ebenso wenig Nase, Lunge, Ohren und Schwanz, denn sie war noch immer unsichtbar. So konnte sie im Kopf die Siebte Chorsinfonie der Weißen Königin summen und die Reise genießen.

Plötzlich stieß der Zug in eine Tiefe vor, die die Abteile in tiefe Finsternis tauchte. Die Stille war überwältigend. Die Katze hörte auf zu summen.

Wo bin ich? Irgendwer soll etwas denken! Am besten etwas mit genügend Pfeffer, und zwar an allen möglichen Gerichten, denn ich sterbe vor Hunger. Sieht mich wer?, dachte sie. Doch da war nur sie, nur eine Stimme, und nur sie, die sie vernahm. „Jetzt glaube ich, dass ich wirklich ein Gedanke bin."

Jetzt wurde der Gang durch die silbernen Spiegelungen von Meereswesen innerhalb und außerhalb des Zuges erhellt, der immer noch tiefer hinabtauchte, von Nixen, Haien, Walen und einem großen Tintenfisch, der gerade seine Tentakel durch die Fenster schob.

„Großartig!", grinste die Herzogkatze, und dabei schluckte sie einen Schwall kalten Wassers, der sie beinahe ertränkt hätte. „Ich sollte besser nicht dort auftauchen, wo niemand mir ähnelt." (Was sie nicht wusste, war, dass es auch Katzenhaie gab.) Was für eine wunderbare Fähigkeit hatte sie erworben! Der Herzog stellte sich vor, wie er an allen Höfen die ganze Zeit auftauchen und wieder verschwinden könnte, wie die Gestalten in dem Zug, während er wie sie von Ort zu Ort fuhr.

Ich werde kein Schach- oder Kartenspiel auslassen. Wer hatte sich die Ziege, den Mann aus Papier und das Pferd ausdenken können, und warum waren sie alle verschwunden? Wie viele unvollendete Gedanken gibt es in diesem Zug? Wer wird sich gerade diese salzigen Abgründe ausdenken? Wem wird dieser umherirrende Gedankenzug selbst gehören? Wo wird er mich jetzt hinbringen?, überlegte er.

„Wer sagt dir denn, dass nicht du es bist, der sich das alles ausdenkt?", vernahm er die Stimme der Mücke in seinem Kopf.

Schon wieder die Mücke!, sagte sich die Katze. Und da sie keine Lust hatte, noch mehr Wasser zu schlucken, wenn sie spräche, antwortete die Herzogkatze in Gedanken: „Ich weiß nicht, ich hatte überlegt, dass es eine Katzenart, Cheshire-Katzen, gibt, und sogleich gab es Cheshire-Katzen. Aber mehr weiß ich nicht."

„Obwohl du nicht gerade ein Schnelldenker bist mit deiner Mischung von unterschiedlichen Naturen, kannst du dir mehr vorstellen, als du denkst. Manchmal ist es so, manchmal sind wir aber nur Passagiere in den Gedanken anderer. Was bist du? Ein eigener Gedanke oder der Gedanke von jemand anderem?"

Die Herzogkatze zwirbelte sich die Schnurrbartenden und dachte: „Ich glaube, beides ein bisschen."

Der Zug fuhr nicht weiter in die Tiefe, sondern ließ sich auf dem Meeresboden nieder. Dadurch wurde eine große Wolke von Sand aufgewirbelt, die die Fenster zerbrach und den Zug halb begrub. Die Innenwände begannen, von Korallen bedeckt zu werden. Auf den samtüberzogenen Sitzen bildete sich eine glitschige Schicht, die dicker und dicker wurde und sich am Ende in einen Sardinenschwarm verwandelte. Es gab keinen Zug mehr, sondern nur ein Riff. Von dem Polizeihund, der darüber wachte, welche Gedanken einsteigen durften und welche aussteigen mussten, gab es keine Spur mehr, und gewiss schwamm der Kugelfischschaffner schon längst wieder mit seinen Verwandten.

Wie soll ich hier jemals wieder herauskommen?, fragte sich die Herzogkatze.

„Zuweilen schlägt ein Gedanke so tiefe Wurzeln, dass der Zug nicht weiterfährt und sich in ein Gebirge, einen Wald oder ein Riff verwandelt; er verschwindet", begann die Mücke wieder. „Doch es gibt viele Züge der Gedanken, und irgendwann kommt ein anderer mit anderen erdachten Gestalten, und jede Reise wird von Neuem möglich."

„Ach ja ...?", dachte die Herzogkatze an die Mücke gerichtet, „doch wie komme ich jetzt hier raus? Und vor allem: Kann ich diesen Sardinenschwarm-Sitz zum Abendessen verspeisen?"

„Ja, aber pass auf, dass du nicht ertrinkst, wenn du das Maul aufmachst!"

„Ich werde nur kleine Bissen nehmen!" Und die Herzogkatze fing mit ihren zwei Vordertatzen eine Sardine.

„Du hast zwei Möglichkeiten, hier herauszukommen. Die eine ist, auf einen anderen Zug zu warten, doch das ist in dieser Tiefe und ohne sichtbare Schienen im Umkreis möglicherweise sehr kompliziert. Die andere ist, dass du dich dir selbst vorstellst."

Und während die Herzogkatze das nächste Mal in die Sardine biss, nutzte die Mücke die Gelegenheit, aus ihrem Maul zu verschwinden. Und während sie sich entfernte, wuchs sie zur Größe eines Rochens heran.

„Was nun ... ?"

Die Herzogkatze bekam keine Antwort mehr. Sie wollte sie wissen, doch die Mücke schwamm schon an der Seite anderer seltsamer Wesen.

Mich mir vorstellen?, überlegte sie und beschloss, einen Versuch zu machen:

„Hallo, Herzogkatze, du pflegtest ein Herzog zu sein, und nun bist du eine Katze, eine Cheshire-Katze, und kannst dich unsichtbar machen, man kann dich sehen und dann wieder nicht. Du hast dein herzogliches Lächeln behalten, mit dem du auf den Höfen aufgetaucht und wieder abgetaucht bist, und jetzt wirst du damit auftauchen und abtauchen, wo es dir gefällt ..." Sie fauchte, öffnete die Augen ganz weit und wünschte sich, wieder auf der Blumenwiese zu sein.

***

Sie war von Veilchen und Flieder umgeben. Die Blumen hatten die Farben der untergehenden Sonne neidisch übernommen.

„Hallo wieder, kostbare duftende Blumen!", sagte die Katze.

„Was soll denn das? Da machen uns die Hummeln schmeichelhaftere Komplimente", stöhnte ein Veilchen mittlerer Größe mit schmaler Taille.

Die Katze lächelte, fuhr die Krallen aus und stürzte sich auf die Blumen. Die bewegten sich heftig und schrien auf, doch die Katze machte, bevor sie landete, einen Salto in der Luft und verschwand. Die Blumen applaudierten und verströmten ihre Düfte.

„Danke, schöne Blumen, ich werde bald wiederkommen, um zu sehen, welche Farbe Ihre Stimmung hat", sprach nun ein flüchtiges Grinsen, ohne Katze.

„Ade, liebenswürdiges Katzenlächeln", antworteten sie im Chor – jetzt waren sie vierblättriger Klee.

„Viel Glück!", rief ein kleiner Klee.

„Viel Glück", sagte ein kirschkerngroßer Junge, der bequem mitten auf diesem Klee saß, doch die Katze hörte beide nicht.

Als sie am Tor ihres Hauses anlangte, begrüßte sie ihren Diener, einen Frosch, der die Sterne zählte, und freute sich, die Herzogin zu sehen.

„Hallo, Herzogin, ich bin's, dein Herzog, in eine Katze verwandelt. Eine Cheshire-Katze ohne Hut."

„Mein Gott, wie schrecklich!", täuschte die Herzogin vor, während sie ihr Ferkelsäugling bis zur Decke warf, um es dann wieder aufzufangen (so wiegte sie es gewöhnlich in den Schlaf).

„Das ist gar nicht so übel. Ich kann in der Luft schweben, auftauchen und verschwinden, wie es mir gefällt, und habe mein Lächeln nicht eingebüßt. Ich bin eine Cheshire-Katze, meine Liebe, und wir Cheshire-Katzen fauchen, wenn wir uns wohlfühlen, wedeln mit dem Schwanz, wenn wir uns ärgern, und lächeln, weil wir dazu geboren sind."

„Ich seh schon. Es ist lange her, dass ich eine Cheshire-Katze vor mir hatte. So lange, dass ich gar nicht weiß, ob ich jemals eine hatte. Ich geh jetzt schlafen. Gute Nacht, Katze!" Sie warf das Baby in die Wiege.

In dieser Nacht schlief die Cheshire-Katze zu Füßen ihrer Herrin. Sie träumte, sie hätte wieder einen Zug der Gedanken genommen und sei in Cheshire angekommen, bei Katzen ihrer Art, und ruderte nun mit anderen Katzen in einem Bottich auf einem Fluss, während ein Mann mit einer Weste und einer Taschenuhr ihr die Geschichte von einem neugierigen Mädchen erzählte, das gerne unsinnige Geschichten hörte. Dann ging der Bottich unter, und alles war still und dunkel, wie vor Kurzem, als der Zug die Tiefen des Meeres erreicht hatte.

Als die Cheshire-Katze aufwachte, kam es ihr so vor, als seien Träume nichts als unterseeische Gedanken.

Sie sprang vom Bett und lief zum Herd. Die Herzogin wiegte ihr Ferkelsäugling.

„Köchin! Wir wollen frühstücken!", rief die Herzogin, und zu ihrem Katzen-Gemahl gewandt fragte sie: „Möchtest du etwas Besonderes, mein Lieber? Anchovis-Torte vielleicht?"

„Ja! Und Tee! Aber ..."

„Mit viel Pfeffer!", rief die Köchin aus der Küche und begann, Teller und Pfannen durch die Gegend zu werfen.

Die Herzogin stopfte einen weiteren „Verwunschenes-Tier-Keks" in den Mund des Babys, um zu sehen, ob es sich dadurch gänzlich in ein Ferkel verwandeln ließ oder in eine Katze, wie der Herzog, oder in irgendetwas, das sie nachts in Ruhe schlafen ließ.

Die Katze erinnerte sich an das Mädchen, das in ihrem Traum Unsinnsgeschichten hatte hören wollen. Das war ein Traum gewesen, doch nun war es ein Gedanke. Ob wohl in diesem Moment ein Zug nach hier unterwegs war, aus dem dieses Mädchen steigen würde, nur weil sie, die Katze, es sich vorgestellt hatte? Sie wollte noch mehr Reisen in Gedankenzügen unternehmen. Sie würde aus dem einen aussteigen, um in den nächsten einzusteigen, würde fahren, wohin sie wollte, und jeder beliebige Ort würde ihr Ort sein, nie würde es Stillstand geben ...

Und sie setzte ein breites Grinsen auf.

Die Cheshire-Katze hatte noch immer das breite Grinsen im Gesicht, als die Tür sich öffnete und Alice hereintrat.

„Wollen Sie mir gütigst sagen," fragte Alice etwas furchtsam, denn sie wusste nicht recht, ob es sich für sie schicke, zuerst zu sprechen, „warum Ihre Katze so grinst?"

„Es ist eine Cheshire-Katze," sagte die Herzogin, „darum! Ferkel!"

LEWIS CARROLL, *Alice im Wunderland*, 1865

Das Schicksal der Verlorenen Jungs

WENDY

Die Gäste erinnerten sich immer daran als an eine bezaubernde Hochzeit.

Wendy Moira Angela schritt ganz in Weiß am Arm ihres Vaters zum Altar. Nana, die Neufundländerhündin, die ihr Kindermädchen gewesen war, trug die Schleppe ihres Kleids. Ihre Brüder John und Michael und ihre alten Freunde Tootles, Nibs, Slightly, Curly und die Zwillinge hatten ihre Plätze im Mittelgang eingenommen, um sie vorbeigehen zu sehen. Und sie sahen, die einen beunruhigt, die anderen bewegt, wie Wendy eine Hand zu ihrem Herzen führte und sie über einer Eichel schloss, die an ihrem Hals hing. Der Eichel, die Peter ihr geschenkt hatte, ihr erster Kuss.

Für ihren Bräutigam war das eigentlich ein zu einfaches Schmuckstück, doch er hatte sie nicht überzeugen können, sich davon zu trennen. Sie war nur damit einverstanden gewesen, sie auf die feine Goldkette zu fädeln, die er ihr geschenkt hatte.

Wendy schritt langsam voran. Es war ihr, als ob die Eichel in ihrer geschlossenen Faust pochte, und sie sah unauffällig zu den hohen Kirchenfenstern hinüber. Sie hatte darauf bestanden, dass sie geöffnet blieben.

Als sie den Altar erreicht hatten und sie ihren Vater sich hatte zurückziehen lassen, sah sie heimlich zur Tür.

Nichts.

Ihr Bräutigam reichte ihr die linke Hand, und sie bot ihm, noch immer die Eichel festhaltend, die rechte.

Die Gäste erinnerten sich immer daran, wie Wendy während der ganzen Zeremonie die Hand über ihrem Herzen geschlossen hielt.

Es war ihnen als eine süße, hingebungsvolle Geste gegenüber ihrem Bräutigam erschienen.

Wenn sie auch ihre eleganten Schuhe hätten sehen können, die unter den weiten Rockfalten ihres Kleides verborgen waren, hätten sie bemerkt, dass sie in Wirklichkeit keine hohen Absätze hatten, sondern dass Wendy an diesem Tag ein wenig geschwebt war in der glücklichen Erinnerung an Peter Pan.

JOHN

Schwarzer Dreiteiler, glänzend gewichste Schuhe, Melone. Und Bart. Er war ein strenger Chef. Er wusste viel über Kostenrechnung und Aktienpreise, aber konnte sich an keine Geschichte erinnern, die er seinen Kindern erzählen wollte.

Er hatte eine Karte, die er wie einen Schatz aufbewahrte.

Und einen Plan.

Er war Direktor der königlichen Bank- und Investitionsgesellschaft in London. Er ging morgens sehr früh aus dem Haus, kehrte abends erst spät zurück und sah immer tadellos aus. Nur sein dichter Bart, der seit Kurzem schon ein wenig meliert war, hätte vielleicht Verdacht wecken können.

Und die Karte. Er besaß eine Karte der nördlichen Meere mit vielen Anmerkungen und verschlüsselten Botschaften, die er einem Piraten mit einem Haken anstelle einer Hand gestohlen hatte, als er noch ein Kind war.

Und ein schwarzes Taschentuch, das er in der Innentasche seines Jacketts verbarg.

Alle sahen ihn an, als er in die Kneipe trat. Er nahm seine Melone ab und ging zum letzten Tisch. Dort erwartete ihn, wie seit ein paar Monaten jede Woche, die Gruppe schräger Gestalten, die er rekrutiert hatte: ein Auftragsmörder, drei Betrüger, die er selbst aus der Bankgesellschaft entlassen hatte, ein Taschendiebe-Paar, ein flüchtiger Ausländer und der alte Seemann, den er in der Nacht kennengelernt hatte, als er das Boot gekauft hatte.

In drei Tagen würden sie auslaufen. Sie gingen noch einmal die Karte und ihre erste Route durch. Sie hatten das Schiff mit zwölf Kanonen ausgestattet und mit Vorräten für sechzig Mann.

„Niemand wird geschont, und es gibt keine Fragen."

Die Stimme klar und finster zugleich. Die gewichsten Schuhe. Die Melone. Die schwarzen Handschuhe. Und ein Taschentuch, um den Bart vom hinunterrinnenden Bier zu reinigen; eher ein Fetzen schwarzen Tuchs als ein Taschentuch, mit einem Totenkopf darauf und zwei gekreuzten Knochen, alle weiß.

John Darling, der Schrecken der nördlichen Meere.

Wenn er überlebte und einmal zurückkehren würde, wüsste er endlich seinen Kindern Geschichten zu erzählen.

TOOTLES

„Was für ein Wahnsinn!"

„Lächerlich!"

„Der Richter hat jedes Rechtsgefühl verloren!"

Im Gerichtssaal herrschte Chaos.

Richter Tom Denning hatte gerade die Eltern, die für die Entführung und Ermordung ihrer Töchter angeklagt waren, freigesprochen.

Er hatte die Argumentation der Mutter völlig nachvollziehbar gefunden, obwohl sie selbst gezögert hatte zu behaupten, dass ihre Töchter anscheinend einfach aus dem Fenster geflogen waren.

Das einzige Beweisstück war ein unvollendeter Brief, den das älteste der Kinder zurückgelassen hatte. Darin sprach sie von einer Insel, einer Lagune, einer dringenden Reise … Für die öffentliche Meinung war das nur Teil einer Konstruktion, zu der auch zerwühlte Betten und geöffnete Schubladen gehörten, doch für Richter Denning genügten die Beweise. Er wusste, wer dafür verantwortlich war, und fragte sich, welche Abenteuer sein alter Kapitän und sein schmieriger Schatten jetzt wohl erleben.

Nachdem er verkündet hatte, dass die Eltern unschuldig seien, mit dem Argument, dass die Kinder, wenn es einen Brief gab, früher oder später heimkehren würden, gab er ihnen nur einen Rat: „Hören Sie nie auf, auf sie zu warten!"

Und beendete die Sitzung.

Als er den Saal verließ, drehte sich der Richter, der in seiner Kindheit unter dem Namen Tootles bekannt gewesen war, noch einmal um und wandte sich erneut an die Eltern: „Ach ja, und halten Sie immer ein Fenster offen!"

SLIGHTLY

„Sind die Wachteln in ihren Blätterteignestern fertig? Liegt der Kaviar auf Eis? Ist der Kirschkuchen mit Muskatnuss bestäubt?" Obwohl es nicht nötig war, ging Lord Ronald Owen Armstrong-Jones – oder Lord Slightly, wie er lieber genannt werden wollte – immer wieder in die Küche, um sicher zu sein, dass alles perfekt funktionierte, und kam von Aromen umweht wieder heraus.

In dieser Galanacht wollte er ein Bankett geben, wie man es in seinem Haus noch nie gesehen hatte (und nie wieder sehen sollte). Es war sein Geburtstag. Er hatte Persönlichkeiten eingeladen wie Peter Heelis Potter, Jean Conan Doyle, Alice und Edith Liddell, die Brüder Llewelyn Davies und nicht zuletzt Elsie Kipling; und natürlich seine Kindheitsfreunde: Nibs, Curly, Tootles, die Zwillinge, die liebe Wendy mit ihrem Mann und den Junggesellen Michael. Alle hatten zugesagt. Nur John Darling hatte sich entschuldigt: Er sei auf Reisen.

Mit der angemessenen Pünktlichkeit trafen die Gäste ein. Slightly empfing sie, führte sie beinahe unvermittelt zu dem riesigen mit Girlanden und bestickten Bändern geschmückten Tisch und gab dem Butler ein Zeichen, die Speisen aufzutragen. Er wollte, dass die Entrees und die Hors d'œuvres gleichzeitig gebracht wurden, damit sich alle gut bewirtet fühlten.

Zögernd und ganz aufgeregt betraten die Diener den Saal. Sie legten die silbernen Platten mit den Speisehauben darüber auf dem Tisch ab und nahmen auf ein Zeichen des Lords perfekt synchronisiert die Hauben ab, um das Festmahl zu enthüllen: eine außerordentliche Auswahl von Käsesorten mit Früchten, goldbraunem saftigen Fleisch und dampfenden Suppen stillten den Hunger im Blick von Lord Slightly, der, am Kopfende sitzend, zu essen begann.

Doch die Essensgäste saßen ganz erstarrt da, mit offenen Mündern.

Die Platten waren völlig leer!

Inzwischen hatten alle beobachtet, was anscheinend ein kleiner Tick ihres Gastgebers war: Er trank immer wieder aus einem leeren Glas, ja, jetzt hörte man sogar, wie seine Zähne in einen Hühnerschenkel – oder den eines Puters? – bissen.

Und am anderen Ende des Tischs sekundierte ihm Anne, seine aristokratische Gemahlin, indem sie an einer körperlosen Olive knabberte.

Nach einem kurzen Schweigen langte Wendy mit einem komplizenhaften Lächeln nach einer Scheibe frischgebackenen Brots und reichte den leeren Teller den übrigen Gästen. Tootles, der geachtete (und umstrittene) Richter, nahm als Erster ihr freundliches Angebot an und strich eine dicke Schicht unsichtbarer Butter auf die Scheibe. An der Mitte des Tisches stopften Nibs und Curly sich bereits alle möglichen Beeren in den Mund, und Michael hatte begonnen, seine Suppentasse leerzulöffeln. Die Suppe aus (echter!) Suppenschildkröte war köstlich! Einer der Zwillinge beugte sich weit über den Tisch und gelangte so an die Austernsauce, in der er

seinen Fisch baden wollte, während der andere sich damit amüsierte, auf seinem Teller alles zu vermischen, was in seiner Reichweite war: Schnecken, Trauben, Spaghetti ...

Bald schon erlagen Alice und Edith Liddell den Versuchungen feuchter Düfte und baten den Diener um etwas Ragout und einen gekochten Maiskolben für jede.

Auch die übrigen Gäste gaben sich schließlich unter Gelächter diesem Fressgelage hin. Selbst Wendys Mann steckte seinen Finger in die Paté. Alle konnten die Geschmackskombinationen riechen und hatten einen so großen Appetit, dass neue Schüsseln aus der Küche hereingetragen werden mussten.

Einige stellten sich bereits die sahnigen Süßspeisen vor, die als Nächstes kommen würden, als Slightly aufstand und eine Champagnerflasche entkorkte. Der Knall, mit dem der Korken davonflog, zog die allgemeine Aufmerksamkeit auf sich und ließ das Geklapper von Besteck und Porzellan verstummen.

Der Lord goss die sprudelnde Flüssigkeit in sein Glas, bis es überfloss. Anne am anderen Ende des Tischs erhob sich ebenfalls. Die Diener, die jetzt etwas entspannter waren, beeilten sich, die Gläser aller Geladenen bis zum Rande vollzugießen.

Der ehrenwerte Slightly hob sein Glas, und alle taten es ihm nach. Während er seinen Blick über die Szene schweifen ließ, fing er, betrunken, wie er war, zu lachen an und rief mit feuchten Augen aus: „Auf Nimmerland!"

Und leerte sein Glas mit einem einzigen unwirklichen Schluck.

MICHAEL

Michael ließ im Kopf noch einmal die Strecke Revue passieren.

Als er schließlich die Einfahrt zum Tunnel erblickte, ließ Michael Darling, der Lokomotivführer, die Lok mit Höchstgeschwindigkeit weiterfahren. Er war an drei Bahnhöfen ohne Aufenthalt vorbeigefahren und hatte nach dem letzten eine Weiche so umgelegt, dass der Zug auf eine Strecke mit rostigen Schienen gelangt war, die keiner der Fahrgäste kannte. Den Kindern war das gleich. Hunderte von Kindern aus verschiedenen Londoner Waisenhäusern, die zum ersten Mal einen Ausflug aus der Stadt hinaus erlebten, hüpften auf ihren Sitzen, klopften gegen die Fenster, liefen von einem Abteil zum anderen und genossen die Panik ihres Aufsichtspersonals.

Michael wiederholte im Kopf noch einmal die Strecke: „Zwei Meere und drei Nächte. Den goldenen Pfeilen folgen."

Er ignorierte die Klagen, die Schreie und Drohungen, die ihn auf seinem Führerstand erreichten und die verlangten, dass er anhielt oder doch wenigstens erklärte, was gerade geschah. Bald gewann die Lokomotive eine solche Geschwindigkeit, dass die Erwachsenen sich kaum noch auf den Beinen halten und zu ihren Sitzen zurückkehren konnten. Vielen der Kinder ging es ähnlich; manche kauerten auf dem Boden und klammerten sich an den Teppich. Sie lächelten noch immer, obwohl sie etwas verstört waren.

Michael schaltete den Scheinwerfer an. Die Einfahrt in den Tunnel war so plötzlich, als habe der Tunnel den Zug eingesaugt. Das Geräusch des Ratterns auf den Schienen und das der Dampfventile an den mit Höchstgeschwindigkeit sich drehenden Rädern verschmolz zu einem einzigen Krach, der jeden denken ließ, der Zug werde sogleich entgleisen. Doch wenig später, am Ende des Tunnels, ließ der Zug den hellen Tag, der zuvor geherrscht hatte, hinter sich und fuhr in eine sternklare Nacht hinaus. Die Kinder spürten einen neuartigen Kitzel am ganzen Körper, als der Zug sich von den Schienen löste und begann, in die Luft hinaufzusteigen. Sie fühlten, wie es ihre Köpfe zur Decke zog und der Druck in ihren Ohren wuchs, doch wenige Augenblicke später schon atmeten sie wieder normal und stießen Jubelschreie aus.

Michael wiederholte im Kopf die Richtung: „Zwei Meere und drei Nächte. Den goldenen Pfeilen folgen. Die erste rechts und dann immer geradeaus bis zum Morgen." Er hoffte, auf Peter zu treffen, der Piraten jagte, wenn sie in Nimmerland anlangten.

NIBS

Nibs verließ das Postamt früher als sonst. Er hatte keine Erlaubnis dafür, doch es kümmerte niemanden. Er arbeitete im kleinen Büro für fehlgeleitete, zurück an den Absender zu schickende und nicht zustellbare Briefe. Die unterhaltsamste seiner Aufgaben war Briefmarken aufzukleben, und so zögerte er nicht, sofort seinen Mantel und seinen Schirm zu ergreifen

und ins Freie zu laufen, nachdem er das draußen schwebende Lichtlein gesehen hatte.

War das eine Fee? Keine andere Lichtquelle konnte so absichtsvoll fliegen, so, als riefe sie ihn.

Er folgte dem Licht durch die breite Allee, dann durch eine Straßenbaustelle hindurch, durch Gässchen und über Brücken, doch er konnte es nicht einholen. Mit einem Mal kann es ihm wie eine leuchtende Kugel vor, vielleicht ein Irrlicht, doch er folgte ihm weiter, bis sie zum Eingangstor eines weitläufigen Parks gelangten.

Das kleine Licht war zu einem Dickicht geflogen, das mehr Wald als Park war. Auch Nibs drang darin ein, und einige Male kam es ihm so vor, als kennte er diesen Ort. Er wusste nicht, ob er es geträumt hatte oder ob es eine Erinnerung war; aber er musste hier schon einmal gewesen sein. Er war ein Säugling gewesen. Er war durch einen Unfall aus dem Kinderwagen gefallen und war, angelockt durch eben dieses Licht, zu ebendiesem Baum gekrabbelt, vor dem er jetzt stand. Eine Art Baum, wie es sie sonst in ganz England nicht gab, sehr breit, mit Blättern wie Klee und rötlichem Glanz.

Das Licht war in eine große Höhle geschwebt. Nibs trat näher und stellte fest, dass die Höhle genau die Form seiner Silhouette hatte. Er hatte keinen Zweifel, dachte an niemand anderes, sondern machte einfach einen Schritt voran und trat ein.

CURLY

Während seine Kollegen über einen bevorstehenden Krieg schrieben, folgte Bernard Heuvelmans, Spezialist für außergewöhnliche Erscheinungen, der Spur einer Riesenmeerschlange, die in den Nordmeeren ein Schiff angegriffen hatte.

Bernard, alias Curly, hatte sich seine kindliche Leidenschaft für gute Geschichten bewahrt. Er arbeitete für das Wochenblatt *Der Riesenkalmar*, das nicht sonderlich renommiert war, dafür aber viel gelesen wurde, was ihm ein bescheidenes Einkommen sicherte und ihm erlaubte, ernsthafte Recherchen anzustellen für sein großes Projekt: das Buch.

Er verachtete kriegerische Eroberungen, und es interessierte ihn nicht, wenn die Königin beim Ende eines Krocketspiels anwesend war; er liebte übernatürliche Ereignisse, Sichtungen lebender Fossilien und antike Erzählungen über Mischwesen. Er wusste, dass in jedem Augenblick an vielen Orten vieler Welten sich phantastische und erschreckende Dinge ereigneten.

Und er hatte sich zur Aufgabe gemacht, sie zu finden. Der südafrikanische Miniaturelefant, das Schlüpfen des Drachen aus einem leuchtenden Ei, die Manuskriptmotte, der Schwarm der Quastenflosser, das angebliche Verschwinden eines ganzen Zugs mit Waisenkindern, die Frau aus dem Treibsand, der Mann mit dem Schwanenflügel, der Vogel Ba ... Am Ende seines Lebens hatte Curly so viele Reportagen über ungewöhnliche Ereignisse und mythische Kreaturen verfasst, dass daraus auch eine neue Wortschöpfung hervorgegangen war: „Kryptozoologie". Im Sinne dieser Wissenschaft, die andere für Unsinn und Kinderkram hielten, schrieb er sehr detailliert, was sein Lebenswerk werden sollte: *Auf der Spur vergessener Lebewesen.*

An dem Tag, an dem er es der Öffentlichkeit übergab, vor einem großen Auditorium und in Begleitung einiger seiner alten Freunde, machte er eine überraschende Entdeckung. Anfangs hatte er gedacht, es handle sich um eine Ameise, doch dann blickte er noch einmal hin und sah, dass es keine Ameise war, sondern ein „T" – der Großbuchstabe „T", der von einer Seite seines Buchs auf seinen Finger gehüpft war und leise klingelte. Er wandte sich wieder dem Publikum zu, das in völliger Stille seine Worte erwartete, als er etwas sah, das ihn noch mehr verwirrte: Ganz hinten flatterte ein kleines Licht. Zuerst dachte er, es handle sich um ein Glühwürmchen, doch es war unwahrscheinlich, dass sich eins in diesen Teil der Stadt verirrte. Er spürte, wie ein anderer Buchstabe auf seinen Finger hüpfte, ein „i". Das Lichtlein befand sich jetzt hinter den Vorhängen an der Seite des Raums. Dann der Buchstabe „n". Ein Schauer lief über seinen Rücken. Das kleine Licht hatte das Podium erreicht, versteckte sich auf einer Seite und bewegte sich ungeduldig hin und her, ebenso wie die Zuhörer auf ihren Sitzen. Er musste dauernd nach ihm sehen. Das Licht ging nun bei einer Eingangstür an und aus, ganz bestimmt wollte es etwas, rief es ihn.

Curly stand auf. Die Leute murmelten. Jetzt waren auch noch ein „k" und ein „e" und ein „r" auf seine Hand gesprungen. Das kleine Licht, die Fee Tinkerbell, flog hinaus, und er lief ihr hinterher.

Curlys Buch war auf den Boden gefallen. Geöffnet lag es da und wurde von einem Ameisenhaufen von Buchstaben verzehrt.

DIE ZWILLINGE

Sie hatten Etheria ganz zufällig entdeckt.

Sie waren zwei, aber so als ob sie nur einer wären. Sie gingen ins selbe Büro und gingen abends heim zur selben Wohnung, und sie hatten nicht vergessen, wie man fliegt. Sie hatten gegenüber den anderen einen Vorteil: Wenn einer etwas zu vergessen begann, war da der andere, um ihn daran zu erinnern.

Aber sie hatten versprochen, ihr Geheimnis mit niemandem zu teilen, aus Angst, als Wunderwesen auf Jahrmärkten ausgestellt zu werden oder mit einer Schlinge um das Fußgelenk in einem Zirkuszelt.

Ein Geheimnis.

Sie führten ein sehr begrenztes Flugleben; sie flogen nur im Dunkeln in ihrem Haus, von einer Wohnung zur anderen. Sie hatten aufgegeben. Bis dieses wunderbare Dinner im Haus ihres Kindheitsfreundes Slightly die Sehnsucht nach alten Abenteuern wieder in ihnen weckte.

In einer dieser stürmischen Nächte, in denen der Regen zu einem undurchdringlichen Vorhang wird und man nicht die Hand vor den Augen sieht, sprangen die Brüder in den Hinterhof ihres Hauses und flogen auf dem kürzesten Wege zum Himmel. Sie durchquerten dichte Wolken und flogen dann noch ein Stück weiter, bis sie wieder trocken waren.

Dann fanden sie es.

Um einen zweiten Mond herum flogen alle möglichen geflügelten Wesen. Ein Greif näherte sich den Zwillingen und erklärte, dass sie sich in Etheria befänden, einem Reich, das nur in Sturmnächten auftauchte. Man konnte nur hinein, wenn ein Wolkenbruch die Dunkelheit derart verdichtete, dass alle geflügelten Wesen zum Himmel aufsteigen konnten, ohne gesehen zu werden.

Die Zwillinge flogen hinter dem Greifen her, der sie auf geflügelte Berühmtheiten hinwies wie den Phönix, der gerade erst neugeboren aus seiner Asche gestiegen war; den alten Simurgh, der so bejahrt war, dass er schon dreimal den Weltuntergang erlebt hatte, den Vogel Roch, eine Art Adler von der Größe eines Hauses, den Vogel Ba mit einem menschlichen Mund anstelle eines Schnabels, und eine ganze Anzahl von Hexen und Hexern auf Besen sowie Harpyen, Fledermäuse und sogar geflügelte Affen. Die Brüder wollten an sie heranfliegen, um sie näher betrachten zu können, doch bald schon waren sie vom Schein dieses zweiten Mondes

so angezogen, dass sie lieber ein paar Mal um ihn herumflogen. Irgendetwas bewegte sich darin.

Zu ihren Füßen, in den mit Wasser beladenen Wolken, schwammen Fische, Sirenen und Seeschlangen … Der Greif erklärte, dass dies der Untergrund von Etheria war, der von Wesen bewohnt wird, die über die Brücke aus dem Wasser hinaufschwimmen, wenn dichter Regen auf Flüsse, Teiche, Seen und Meere fällt.

Als die Wolken begannen, sich aufzulösen, kehrten diese Kreaturen mit einem Platschen in ihre gewohnte Umgebung zurück, gefolgt von den geflügelten Wesen, die nun durch Fenster und Hohlräume glitten, um nicht entdeckt zu werden.

Es regnete viel in London.

An manchem Morgen kamen die Zwillinge mit Ringen unter den Augen in ihr Büro, an anderen Tagen waren sie erkältet.

Jetzt hatten sie zwei Geheimnisse.

Alle Jungs waren inzwischen erwachsen und normale Menschen geworden; so ist es kaum nötig, mehr über sie zu berichten. Ihr könnt die Zwillinge und Nibs und Curly jeden Tag ins Büro gehen sehen, mit einer kleinen Aktentasche und einem Regenschirm. Michael ist Lokomotivführer geworden. Slightly hat eine Dame von Adel geheiratet und wurde so zum Lord. Seht ihr diesen Richter mit Perücke, der gerade aus dem eisernen Tor tritt? Das war einmal Tootles. Der bärtige Mann, der keine Geschichte weiß, die er seinen Kindern erzählen kann, war einmal John. Wendy hat in Weiß mit rosa Schärpe geheiratet. Es ist schwer zu glauben, dass Peter nicht in der Kirche landete, um Einspruch gegen die Eheschließung einzulegen.

J. M. BARRIE, *Peter Pan*, 1911

Der Schwanenkönig

Aus der Luft sah das Land aus wie ein einziger mit verschiedenen Seiden gewebter Teppich. Die Schwäne beobachteten, wie ihre Schatten als Herde über grüne Ebenen und blaue Medaillons huschten, in einem Königreich von funkelnden und schnellfließenden Linien, und sie fühlten sich als Teil eines großen Gewebes.

Aber sie waren nur Schatten.

Der jüngste der Prinzen erinnerte sich an diese Flüge und wurde unruhig. Ein anderer Schatten flatterte in seinen Geist. Die Spur der Verwünschung zerriss ihn. Er fand es ungewohnt, kein Vogel mehr zu sein.

Er wusste es so gut wie jeder: Dass es ein Wunder gewesen war, dass seine Schwester Elisa den Zauber gebrochen hatte, der seine zehn Brüder und ihn in Schwäne verwandelt hatte.

Elf Panzerhemden aus den Fasern von Brennnesseln hatte Elisa gestrickt.

Vollkommen stumm.

Sieben Jahre lang.

Beinahe war sie lebendig verbrannt worden.

Der Scharfrichter hatte auf Elisa gewartet und sie aus dem Karren geholt. Er scherte sich nicht darum, dass die Schwäne nach ihm bissen. Gerade als er sie am Arm packte, um sie hochzuziehen, warf Elisa die elf Hemden in die Luft, und die Schwäne flogen hinein, um sogleich – in Menschen verwandelt – auf die Erde zu fallen.

Außer einem. Dem Jüngsten.

Heiß durchlief es ihn, als er erst den einen, dann den anderen Arm betrachtete. Er bemerkte, dass etwas schiefgegangen war. Er hatte einen Schwanenflügel behalten. Während der älteste Bruder sich aufrichtete und dem ganzen Volk kundtat, was sie durch den Zauber ihrer Stiefmutter erlitten hatten, während der König herbeilief und Elisa um Verzeihung dafür bat, dass er sie für eine Hexe gehalten hatte, während aus den Holzscheiten, mit denen Elisa hatte verbrannt werden sollen, zum allgemeinen Erstaunen Blüten wuchsen, während sie zum Palast schritten, von Fahnen begleitet, die die Heimkehr Elisas, jetzt als Königin, verkündeten und das gute Ende feierten ... während all dessen blieb der jüngste der Prinzen im Schinderkarren sitzen. Er betrachtete den Scheiterhaufen mit den herrlichen gelben Blumen.

Und seinen Körper.

Der weder der eines Vogels noch der eines Menschen war.

***

Nach einiger Zeit hatten sich die elf Prinzen mit ihrem Vater ausgesöhnt, und jeder hatte ein Königreich erhalten. Auch der junge Prinz mit dem Schwanenflügel.

Doch sein Königreich war ebenso seltsam wie er selbst. Es war bekannt für seine ungewöhnliche Trockenheit und seine Ebenen ohne Baum noch Fluss, mit nur einem Brunnen in dem einzigen Dorf und einem ausgetrockneten Sumpf. Und trotzdem war es reich an Getreide und Gartenfrüchten.

In dem einzigen Dorf dieses ungewöhnlichen Königreichs lebten nur Alte. Sie waren so alt, dass niemand sich mehr an ihre jungen Jahre erinnerte. Doch es ging ihnen gut, und sie waren sogar kräftig.

Sie plauderten gern über den Regen und den Tod – was sie beides anscheinend schon seit Jahrhunderten nicht erlebt hatten.

„Ein Dorf von Zauberern", sagten einige der Alten über ihr eigenes Dorf.

„Verwünscht!", sagten andere Alte über ihr eigenes Dorf.

Und so schufen sie ihren eigenen Ruf.

Und obwohl sie schworen, alles vorausgesehen zu haben, waren sie verwundert, als der Jüngling mit dem Schwanenarm kam, um über sie zu regieren.

„Er ist ja noch ein Kind!", riefen die einen.

„Der kleine Schwanenkönig", sagten die anderen.

„Der Kükenkönig!", lachten alle.

Und es gab auch die, die sich nicht entblödeten zu fragen:

„Möchte wer Entenbraten essen?"

Das Dorf hatte nur vielleicht zwanzig Häuser, eine Kirche, eine Kneipe und ein kleines Schloss, das keinen König brauchte. Denn wegen seiner Trockenheit und der mysteriösen Dinge dort war niemand daran interessiert, das Land zu erobern.

Es gab auch keine Reichtümer, die dort als Schatz verwahrt wurden.

Auch keine Prinzessin, die in einem Turm gefangen gehalten wurde.

Gleichwohl versicherten seine Brüder dem jungen König, er könne dort ein neues Königreich aufbauen; sie würden eine Mauer um das Schloss errichten, einen Fluss bis zu seinen Toren leiten und Wege zu von Obstbäumen gesäumten Alleen anlegen.

Doch der Schwanenkönig hörte nur ein Flügelschlagen. In seinem Kopf hatte sich ein Schwarm wilder Schwäne festgesetzt.

Er vermisste das Röhricht, den Flug zu einem Fels mitten im See, die Ruhe in stillen Wassern. Sein Schwanenflügel war etwas Falsches, aber, so wusste er, auch eine wunderbare Erinnerung an die Weite der Lüfte, an die langen Flüge, an die Sprache der Vögel und die des Winds in den Weiden, die er so gut verstand.

„Um dein neues Reich zu errichten", sagte sein ältester Bruder, „werden wir Wasser heranführen und eine bessere Ordnung unter den Alten schaffen. Und wir müssen eine Königin für dich finden."

„Damit?", antwortete der junge König und streckte seinen Flügel aus.

Die Verwünschung wirkte auf seinen Arm noch immer, so wie damals, als er und seine Brüder verzaubert waren: In den Nächten hatten sich die Federn in die Poren zurückgezogen, und sie wurden erneut Menschen, doch wenn der Morgen dämmerte, wuchsen sie wieder heraus, und sie wurden wieder Schwäne.

So verschwand der Schwanenflügel des Schwanenkönigs des Nachts und kam mit der Sonne wieder hervor.

Diese Wirkung der Verhexung hatte sich unter den verfügbaren Prinzessinnen und Edelfräulein herumgesprochen. Anfangs gab es Geschrei, und sie liefen davon, wenn sie nach einem Ball im Bett des Königs erwachten und statt des Lakens ein großer weißer Flügel sie bedeckte. Als die Kunde davon sich verbreitete, lehnten sie seine Einladungen ab.

Nachts trug der junge König Maßanzüge und ging damit vielleicht tanzen – oder er reichte Gästen Gläser, schnitt Scheiben vom Wildschweinbraten (es war an den Höfen bekannt, dass, wenn die Schwanenkönige eingeladen waren, Tafeln mit Puter, Wachteln und natürlich Enten zu vermeiden waren, weil sie sich sonst verletzt fühlten). Solche Lächerlichkeiten ermüdeten ihn nur.

Tagsüber verließ er nur selten das Schloss. All seine Hemden waren so zugeschnitten, dass er sie tragen konnte. Und auch, wenn es schmerzhaft war, bat er seine Diener zuweilen, ihm seinen Flügel auf den Rücken zu binden, damit er ihn unter seinen Kleidern tragen konnte. So war er an seinem Hof nur ein einarmiger König, nicht aber ein Wundertier.

Doch konnte er sich auch den ganzen Morgen damit beschäftigen, seinen Flügel zu betrachten. Etwas daran faszinierte und verwirrte ihn. Es gefiel ihm, seinen Arm zu betrachten, während die Sonne unterging. Zu sehen, wie jede Feder, jeder Flaum, jede Faser sich unter seine Haut zurückzog. Und er hatte in seinem Schlafzimmer eine Wanne mit Federn aus Kissen aufstellen lassen. Darin versank der Schwanenkönig für Stunden, bis er einschlief.

***

Doch war der Flügel nicht das Einzige, das er von seiner Verzauberung zurückbehalten hatte. Bei seinen öffentlichen Auftritten verstand keiner der Alten seine Reden. Seine Brüder hatten sich daran gewöhnt, dass er von Zeit zu Zeit ein Schnauben vernehmen ließ, doch vor einer Handvoll der Alten seines kleinen Königreichs zu reden, machte ihn so nervös, dass er das Schnauben mit Wörtern vermischte, die anscheinend zu keiner menschlichen Sprache gehörten.

Jeder der Alten erzählte eine andere Geschichte von seinen Reden:

„Er sagte, er würde den ersten Ball von Hühnern und Gänsen organisieren und ein Duell von Hundertfüßern."

„Mir hat er eine mit rotem Samt ausgeschlagene Kutsche versprochen."

„Hat er gefragt, ob es regnen würde?"

„Er hat gesagt, er habe eine sehr schöne Tochter, wenn auch von sehr kleiner Statur, die gestorben sei."

„Eine Zwergin?"

„Wie soll er denn eine Tochter haben, er ist doch noch ein Junge."

„War es der König oder sein Diener?"

Am Ende gingen alle zum Ältesten der Alten, damit er ihnen erklärte, was der König gesagt hatte. Und die Antwort dieses ältesten Alten, der den fruchtbarsten Garten besaß, war stets dieselbe: „Er hat gesagt, dass er nicht weiß, wer er ist, dass er das aber noch herausfinden wird."

Wenn der junge Schwanenkönig durchs Dorf ging, achtete niemand auf den Flügel, den er unter seinen Kleidern verbarg; die Alten waren zu sehr damit beschäftigt, damit zu prahlen, wie gut sie sich trotz ihres Alters fühlten, und zeigten ihm ihre prächtigen Gemüsegärten, in denen alles auch ohne Wasser wuchs.

Doch bald hörte der König auf, öffentlich zu reden und durch die staubigen Straßen zu wandern. Immer mehr Zeit verbrachte er in seinen Wohnräumen, versunken in sein Nest aus Federn.

Er konnte das Königreich nicht neu begründen.

Nie würden sie ihn achten – mit seinen Reden voller Schnauben und Fauchen.

Und er würde keine Königin finden, die ihn liebte, wie er war, und ihm Nachkommen schenkte.

Und doch war der Flügel auch seine Erinnerung, nie würde er den Schwarm wilder Schwäne abschießen, der in seinem Kopf flatterte.

„Wieso hatte ich ein einärmeliges Kettenhemd?", fragte er Elisa eines Tages.

„Weil du der frömmste und der mit dem demütigsten Herzen bist", antwortete sie.

Und ohne weiter nachzudenken sagte der junge König: „Hilf mir, den Zauberbann zu brechen. Strick noch einen Pullover aus Brennnesseln, vollständig mit beiden Ärmeln, und bewahre Schweigen! Tu alles genauso!"

„Bist du sicher?" fragte Elisa.

„Ja."

Einen Monat strickte Elisa schweigend. Als sie ihm das vollständige Hemd überreichte, kamen alle Brüder aus ihren benachbarten Königreichen, um ihm beizustehen. Sie waren sicher, dass es gelingen würde, denn Elisa hatte alles genauso gemacht wie zuvor.

Der Schwanenkönig hielt das Hemd nachdenklich in seiner einen Hand, ohne es anzuziehen.

„Los, mach schon, Bruder!", sagte der Älteste.

„Worauf wartest du noch? Schnell!", sagte ein anderer.

„Lasst ihm Zeit!", bat Elisa.

Entschlossen steckte er den Kopf durch den Kragen des Hemds und den menschlichen Arm durch den einen Ärmel. Die Brüder standen um ihn herum.

Elisa musste sich setzen. Dann steckte er den Flügel durch den anderen Ärmel, der älteste Bruder half ihm dabei, und dann …

Nichts.

Die Spitze seines Flügels erschien an der Manschette des Ärmels.

Der Schwanenkönig küsste seinen Bruder und begann zu weinen.

Er war nicht untröstlich, wie alle glaubten; er weinte vor Erleichterung.

***

Keiner der Alten wusste, dass der König fortgegangen war. Sie redeten weiter darüber, wie gut es für die Ernte war, dass es nicht regnete, wie seltsam ihr Dorf doch war und dass sie alle verwunschen waren. Einige hatten sogar schon vergessen, dass sie einen König hatten.

Nach dem Fiasko mit dem Brennnesselhemd riet Elisa ihrem Bruder, die Fee aufzusuchen, die ihr verraten hatte, wie sie sie alle befreien konnte.

„Du musst Morgana finden. Vielleicht erscheint sie dir im Traum oder sie begegnet dir als alte Frau am Weg, aber ich glaube, du musst gehen. Auch ich musste mich erst in den Wäldern verirren, bevor ich euch fand und von einer Antwort träumen konnte."

„Aber wohin soll ich gehen?"

„Das weiß ich nicht; du musst es herausfinden, während du wanderst. Konzentrier dich auf das, was du willst", riet ihm Elisa.

Bevor er sich aufmachte, suchte der junge König seinen ältesten Bruder auf.

„Ich gehe jetzt, aber ich weiß nicht, um was ich die Fee Morgana bitten soll."

„Was willst du damit sagen?", fragte ihn der Bruder.

„Ich weiß nicht, ob ich sie bitten soll, mich zu einem Menschen oder zu einem Schwan zu machen."

„Was? Wieso?"

„Vermisst du es nicht zu fliegen? Zu träumen, während du übers Meer fliegst? Mit unseren Schatten auf den Dünen zu spielen?"

Der Bruder sah ihn an, sah dann zum Himmel und sagte: „Doch, zuweilen."

„Alles glänzte von dort oben betrachtet. Sehnst du dich nicht danach, aus der Höhe den Wasserläufen zu folgen, die wie silberne Bänder aussahen? Alles war einfacher, leichter zu erreichen; ein Flügelschlag reichte, um uns fortzubringen … die Frische der Wolken und die Wärme der Sonne – vermisst du das nicht?"

„Doch, ich bin mir sicher, dass wir alle das vermissen … doch das war nicht unsere Natur. Wir mussten zurückkehren, um unsere Schwester zu retten, um zu berichten, was uns geschehen war, um unseren Vater wiederzusehen und unsere Königreiche in Besitz zu nehmen. Mir hat meine menschliche Stimme und Seele noch mehr gefehlt. Wenn du aufhörst, ein Mensch zu sein, bist du verdammt, unter dem Gesetz des Röhrichts zu leben. Du kannst in der Welt umherfliegen, aber du wirst mit niemandem reden, kannst im Flug über dem Meer schlafen, aber musst um einen Wurm kämpfen. Erinnerst du dich nicht auch, wie schwer es war, ein Schwan zu sein? Gegen den Regen anzufliegen, Kilometer um Kilometer ohne Ruhepause, ohne einen sicheren Fels zu finden, auf dem wir uns ausruhen konnten? Erinnerst du dich, wie wir einander nicht erkannt haben? Wie wir einander angegriffen haben, um ein Fußbreit Schlamm zwischen den Binsen zu verteidigen?"

„Doch ..."

„Wenn du ein Vogel bist, wirst du dich danach sehnen, ein Mensch zu sein."

Manchmal hatte sein Bruder recht.

***

Am selbigen Tag noch brach er auf, um Morgana zu finden. Doch er wusste immer noch nicht, um was er sie bitten sollte.

Während des ersten Teils seiner Reise hielt er sich fern von Teichen, von Lagunen und der Küste. Er blickte zu Boden, um den Wunsch zu fliegen aus seinem Gemüt zu verbannen. Ohne sich irgendwo aufzuhalten, wanderte er durch weite fruchtbare Felder, bis er zu einer Stadt mit Arkaden und Statuen auf den Plätzen gelangte, wo Menschen Karren zogen, Treppen stiegen und über eingepferchtes Vieh wachten. Er sah sie gern, aber bald wanderte er weiter.

Hinter dem Rand dieser Stadt stieß er auf einen Pinienwald. Hier machte er halt.

Er hörte Schnattern. Und er erkannte die Sprache. Er lief. Er wollte sie sehen.

Durch Gebüsch und auf einem Pfad im Unterholz gelangte er zu einem von Wiesen und Waldblumen umgebenen Haus. Und in diesem kleinen Garten fand er ein Mädchen und hinter ihr eine Gänseherde. Der Jüngling war ein wenig enttäuscht, denn die Gänse waren nicht so majestätisch wie Schwäne – aber sie ...

Er trat näher, fragte sie, ob es ihre Gänse seien. Das Mädchen mit den kleinen schwarzen Augen bejahte und sagte, sie lebe hier mit ihrer Schwester und ihrem Neffen, die aber beide gegangen seien, um im Teich zu baden.

„Ein Teich! Ich bin schon so lange nicht schwimmen gegangen", rief der junge König.

„Aber diese Wälder sind voller Bäche, Pfützen, Teiche und Tümpel ... Hinter der Belftspitze erstreckt sich der große Belftsee und weiter dahinter, musst du wissen, das Belftmeer. Deshalb schwimmen die Leute hier viel. Es ist schwer, trockene Füße zu behalten, da geht es uns wie den Enten."

„Ich sollte ein Bad nehmen", sagte der Jüngling lächelnd.

„Das wirst du besser wissen als ich", sagte sie.

Das Mädchen war liebenswert. Ihn erstaunte, wie vertraut es mit ihm sprach. Der Schwanenkönig sehnte sich danach, ins Wasser einzutauchen ... doch bei dem Gedanken an seinen nackten Körper mit dem gefiederten Arm bereute er, seinen Wunsch laut ausgesprochen zu haben.

„Geh zur Lagune! Meine Schwester Anika und mein Neffe Einar müssen noch da sein. Ich muss hierbleiben, um mich um die Gänse zu kümmern", ermunterte ihn das Mädchen und fragte dann noch: „Wie heißt du?"

Da er seinen Flügel nicht ohne die Hilfe seiner Diener bandagieren konnte, trug der junge König ihn einfach an seinen Bauch und um seine Rippen gelegt und verbarg ihn unter zwei Hemden. So machte er es unterwegs. Das Mädchen musste geglaubt haben, dass ihm ein Arm fehle, doch anscheinend machte ihr das nichts aus.

„Man nennt mich Schwanenkönig."

„Schwanenkönig?" Das Mädchen machte eine Wendung mit ihrem Körper, hielt einen Augenblick inne und verbeugte sich dann. „Soll ich meine Gänse bitten, sich ebenfalls zu verbeugen?", fragte sie belustigt und beharrte: „Und wie heißt du?"

„Hans."

„Hans, der Schwanenkönig", ergänzte sie. „Dann bringe ich jetzt diese Gänse, deine Verwandten, in den Schatten."

„Ja, sie sagen ... das würde ihnen gefallen ... glaube ich ... Und wie heißt du?"

„Aisa ... wie meine Großmutter. Dies war ihr Haus, und das waren ihre Gänse ... nun ja, wenigstens einige von ihnen, die ältesten; ich habe die

meisten aufgezogen, aber sie sind ja ihre Nachkommen … und jetzt sollte ich gehen, ehe sie schimpfen", endete das junge Mädchen und machte sich auf zu einer nahegelegenen Wiese.

„Kann ich mit dir gehen?"

Aisa hatte ein freundliches Gemüt und verstand, dass Hans sich etwas allein und verloren fühlte und große Lust hatte zu plaudern. Sie durchquerten ein Waldstück und gelangten zu einer Wiese voller Mohnblumen und mit einigen Kastanienbäumen darin. Die Gänse liefen hin und her auf der schattigen Wiese. Hans und Aisa setzten sich auf Baumstümpfe unter einem dichtbelaubten Baum. Von hier aus konnte man die Belftspitze sehen. Sie war schneebedeckt und schien so nah zu sein, dass Hans meinte, Tierpfade entdecken zu können.

„Bist du schon einmal ins Gebirge gestiegen?", fragte Hans.

„Ja, jeden Tag. Meine Schwester und ich haben ein paar Kühe, die dort oben weiden. Wir gehen gern hinauf. Auf dem Rückweg sammeln wir immer weiße Pilze, und manchmal finden wir auch ein paar Beeren, wenn die Bären sie nicht gefressen haben."

„Gibt es Bären in diesen Wäldern?"

„Ja, es gibt sie in allen Wäldern des Rings von Belft."

„Einmal, als ich noch klein war", erinnerte sich Hans, „habe ich einen schwarzen Bären geschossen."

Und er erzählte Aisa die Geschichte.

Er war mit dem Vater und seinen Brüdern zu einer Schießübung hinausgegangen; sie schossen auf die Pinien. Er konnte noch kaum das Gewehr tragen, doch er wollte es versuchen. Er war so konzentriert dabei, dass er nicht hörte, wie sein Vater rief, sie sollten zu einer anderen Lichtung gehen, weil er Bären gesichtet habe. Die Prinzen waren ganz aufgeregt; sie wollten sie auch sehen, und da feuerte Hans.

Danach hörten sie ein herzzerreißendes Brüllen und sahen, wie ein Bärenpaar den Hang hinauf flüchtete. Offenbar hatte Hans einen verletzt, und so ging sein Vater mit seinem Jagdhelfer nachsehen.

„Er ist tot", rief er, „kommt!"

„Bravo, Hans", sagten die Brüder, doch Hans blieb wie erstarrt stehen.

Sein Vater kam und sagte zu ihm: „Du hast einen Bären getötet, Hans. Ich weiß, dass das eher ein Zufall war, vielleicht kannst du aber auch ganz ausgezeichnet zielen, doch gleichviel – wir bringen ihn nach Hause. Dort werden wir ihm das Fell abziehen, und deine Mutter wird dir daraus eine Decke oder einen Mantel machen. Was du möchtest. Es ist dein Bär."

Und erstmals kam sich Hans wie der älteste der Brüder vor.

„Noch wochenlang haben sie die Geschichte von Hans und dem Bären erzählt", schloss der Schwanenkönig seine Geschichte,

„Von welchem Wald redest du?", fragte das Mädchen.

„Vom Wald meiner Kindheit. Ganz weit von hier, in den Reichen des Südens."

„Du bist von weit her …! Aber bis hier erreichen uns viele Geschichten aus dem Süden. Lebt dort deine Familie?"

„Ja. Meine Mutter starb ein Jahr nach dem Vorfall mit dem Bären, und mein Vater hat sich wiederverheiratet, doch meine Stiefmutter, seine neue Frau, ist auch schon tot … glücklicherweise", sagte Hans zwischen den Zähnen.

„Wieso?"

„Mein Vater ist jetzt sehr alt und hat beschlossen, seinen Thron meinem ältesten Bruder zu überlassen. Wir haben jeder ein Königreich erhalten."

„Dann bist du ja wirklich ein König!"

„Ja …"

Mehrere Gänse näherten sich dem Schwanenkönig und zupften mit den Schnäbeln an seinen Hosenbeinen.

„Sie kommen, um ihren König zu sehen", scherzte das Mädchen und setzte hinzu: „Meine Eltern leben in der Stadt Hegue, jenseits der Belftspitze. Doch vor ein paar Jahren ist meine Großmutter gestorben, und ich bin hierhergezogen. Ihre Gänse, der Teich, die Wälder – alles hat mir immer gefallen … Meine Schwester ist wenig später nachgekommen. Ihr Mann war gestorben …" Aisa machte eine Pause. „Warum nennen sie dich eigentlich Schwanenkönig?"

Hans wandte seinen Blick ab.

Um das Schweigen zu füllen, erzählte Aisa, wie sie sich die Belftspitze gern als den zum Himmel gerichteten Schnabel einer Gans vorstellte, mit ihrem weißen Hals und den Flügeln an der Seite, als einen Gans-Berg, der seine Flanken wie zwei Flügel bewegte und sich in die Luft erhob.

„Was für ein schönes Bild!", rief Hans aus. Und er stellte sich das ebenfalls vor.

„Als ich noch klein war, hat meine Mutter mir eine Geschichte erzählt, in der die Blumen, wenn niemand zusah, tanzten, Paraden abhielten und einen großen Ball im Palast des Königs ausrichteten ... Seitdem stelle ich mir immer vor, dass alles lebendig werden kann.

Hans stellte sich vor, wie einige der Mohnblumen in der Nähe sich dehnten und den Handbewegungen Aisas beim Sprechen folgten. Er sah ihr gern zu. Als sie sich zur Seite wandte, betrachtete er voller Bewunderung ihren Körper: ihre Taille, ihre runden Schenkel, die Haut ihres langen Halses. Er hatte viele Prinzessinnen kennengelernt, aber keine hatte ihn so angezogen.

„Möchtest du zur Lagune?", schlug sie wieder vor. „Ich nehme die Gänse mit, und du kannst meinen Neffen kennenlernen."

„Ja, lass uns gehen ..." Am Ende dieses Wort stieß Hans ein Schnauben hervor. Verblüfft betrachtete Aisa ihn und rief lachend:

„Deshalb also nennen sie dich Schwanenkönig!"

Sie wanderten durch ein anderes Waldstück zu dem Teich, und Hans hatte ein Gefühl von Frieden, wie er es längst vergessen hatte. Einen inneren Frieden, wie er ihn zuletzt vor dem Tod seiner Mutter gespürt hatte, dem Kindheitsglück, wenn er mit seiner Schwester Elisa nach Hirschen suchte, der Zeit, die er als Kind mit seinen Geschwistern teilte, wenn sie Pinienzapfen sammelten und im Spiel, vom Duft des Waldes umhüllt, Wolf, Fee oder Krieger waren. Dann fasste Hans Aisa am Arm. Sie waren umgeben von prächtigen Pinien und Eichen mit dicken Stämmen, und ganz in der Nähe kreuzte ein kleiner Bach ihren Weg.
Da sagte er:

„Stell dir vor, dass am Ende eines Tages das Grün der Blätter dieser Bäume blass und schließlich ganz weiß wird, so sehr, dass ganz langsam aus Zweigen und Blättern ein weißer Flaum wächst, ein Federkleid. Stell dir dann weiter vor, dass die Baumstämme sich spalten und zu den schwarzen Beinen von Schwänen werden, die aus der Erde emporwachsen, einer nach dem anderen. Und sieh, wie sie gewaltige Flügel entfalten und ausbreiten, beladen mit Früchten und Nestern, und anstelle der grünen Blätter, die sie zuvor bedeckten, leuchten nun Federn vom dicksten Ast bis zum entferntesten Zweig. Die Bäume schlagen mit den Flügeln, es saust wie ein Sturm, und dann – fliegen sie davon! Sie lassen einen leeren Wald zurück. Nur Hunderte von weißen Federn bleiben zurück, die herumtaumeln und schließlich sanft auf die leere Fläche niederrieseln."

Aisa lächelte.

„Ich sehe das ganz klar vor mir: Die Tiere wissen jetzt nicht mehr, wo sie sich verstecken können, und flüchten sich stattdessen in die Berge von Federn, die ihnen geblieben sind. Weit weg, im Himmel, glauben die Leute, dass da ein Schwarm Schwäne fliegt, und niemand weiß, dass sie Bäume sind … Das finde ich bezaubernd!"

Sie malten sich noch mehr Einzelheiten dieser Geschichte aus, bis sie zur Lagune gelangten. Als Einar sie sah, rief er seiner Tante zu, dass sie ins Wasser kommen solle. Aisa stellte Hans vor und setzte sich zu ihrer Schwester Anika.

Der Junge blieb stumm und blickte die ganze Zeit auf Hans' herabhängenden Ärmel.

„Hans braucht ein Bad, Einar", sagte Aisa bald, „jedenfalls hat er das gesagt."

„Komm", ermunterte ihn Einar, der schnell aufhörte zu fremdeln. „Es gibt hier viele Fische."

„Wirklich?", fragte Hans so begeistert, dass er schnaubte. Die drei anderen sahen ihn an. Ungläubig schwiegen sie, doch dann machte Einar das Schnauben nach, und alle mussten lachen.

„Ich glaube, ich bade an einem anderen Tag, Einar. Die Sonne geht ja schon unter, und ich muss mich auf den Weg machen." Dann wandte er sich an die Schwestern: „Ich brauche eine Unterkunft für die Nacht. Kennt ihr eine?"

„Ja", antwortete Aisa. „Wenn du demselben Weg, der dich zu unserem Haus geführt hat, noch eine Stunde folgst, gelangst du an die Hütte eines Holzfällers und seiner Frau. Die sind es gewohnt, Wanderer aufzunehmen."

Hans blieb noch eine Weile am Ufer des kleinen Sees sitzen. Er wollte noch ein wenig die Unbekümmertheit genießen, die von Aisa ausging. Der Spätnachmittag hüllte alle vier in einen warmen Frieden ein. So sanft wie sein Federnbad.

„Darf ich euch wieder besuchen?"

„Ja, du Schwanenkönig", sagte Aisa, „und bitte, bevor aus dem Wald weiße Federn wachsen."

Hans machte sich auf den Weg. Noch hatte er auf seiner Wanderung die Fee Morgana nicht getroffen, und er hatte auch nicht von ihr zu träumen vermocht, doch in diesem Moment war er entschlossen, den Zauber zur Gänze abzuschütteln. Dieser Wald mit seinen hohen Pinien am Fuß des Gebirges, umgeben von so viel Wasser, gefiel ihm sehr. Und Aisa, vor allem Aisa. Er gedachte, einige Tage in der Hütte des Holzfällers zu bleiben. Er wünschte sich, dass er Glück haben und der Fee begegnen würde.

***

Er machte kein Geräusch, als er ins Wasser tauchte. Noch immer glitt er mit der Leichtigkeit eines von Federn bedeckten Körpers dahin. Zwischen Binsen und Schilf zu schwimmen stimmte ihn noch heiterer. Die Erinnerung an das Glück zu fliegen folgte ihm überallhin, und obwohl er nicht mehr derselbe wie einst war, erfreute es ihn zu sehen, dass die Binsen und das Schilf noch nicht die Anmut geschmeidiger Biegsamkeit verloren hatten, in denselben grünen und bräunlichen Farben wie eh und je, und er genoss den Duft nach Sumpf und Futter.

Es war sein dritter Tag in Aisas Wäldern.

Er war früh aufgewacht, mit der Beklemmung und der Freude, die sein Geheimnis für ihn war. Er verließ die Hütte, wenn es noch dunkel war, und kehrte zurück, wenn es erneut dunkel geworden war. So brauchte er seinen Flügel nicht vor dem Holzfäller und seiner Frau zu verbergen, die ihn immer nur mit zwei menschlichen Armen gesehen hatten.

Den ganzen Tag verbrachte er damit, die Wälder zu erkunden. Er hatte Pfade zu dem kleinen See gefunden, die nicht an Aisas Haus vorbeiführten, und er verbrachte Stunden damit, in Wasserläufen zu schwimmen, die er entdeckt hatte. Er aß wieder die Blätter, Sprösslinge und Wurzeln von Wasserpflanzen. Er schnaubte so viel er wollte. Er breitete den Flügel so viel wie möglich aus. Er bewegte ihn, und es gelang ihm, sich ein wenig vom Wasser abzuheben. Er erinnerte sich, wie er, als er ein Schwan gewesen war, die Erde, das Wasser und die Luft beherrscht hatte.

Und er wünschte sich, noch einmal davonfliegen zu können, in ferne Länder.

Aber was er besaß, genügte nicht zum Fliegen. Auch nicht zum Königsein. Wer war er also?

Er streifte durch die dichtesten Bezirke des Waldes und badete in dem Teich. Er dachte an Aisa, doch hatte er noch nicht genug Mut gesammelt, sie erneut zu besuchen. Seine Seele war zwiegespalten. Er bemitleidete die Menschen, die mit ihren schweren Schritten am Boden hafteten, und er bewunderte die Vögel, die frei und schwerelos waren, wenn auch die Sklaven ihrer Instinkte.

Er stellte sich allzu viele Fragen. Und Morgana erschien nicht. Eines Nachmittags beschloss er, auf dem Wasser zu schlafen, im Schilf, mit dem festen Vorsatz, die Fee zu beschwören. Doch statt von ihr träumte er von etwas, das ihn noch mehr verwirrte.

Seine Brüder und er waren immer noch Schwäne. Sie erreichten einen Strand mit runden Kieseln am Fuß des Abschnitts einer Steilküste, die breiter war als das Schloss seines Vaters und höher als die Belftspitze. Seine Brüder schwammen auf der Suche nach Muscheln und Schnecken, doch er flatterte an den Felsen hinauf, weil er die steilen Felsen, die schroffen Abhänge betrachten wollte. Er flog immer weiter und sah kleine Inseln, Höhlen, in die sich Wogen ergossen, Grotten mit Nestern der Seevögel und schließlich Wiesen mit Grasstängeln, die so hochgewachsen waren, dass sie im Winde wogten. Ein Meer von Gras.

In einem Winkel der Steilküste stand ein verlassener Turm. Der Schwanenkönig flog hinein und traf einen Jüngling. Das war er selbst, der junge König, der er zuweilen sein wollte, mit zwei Menschenarmen. Hans wollte zu ihm sprechen, doch der Jüngling ergriff seinen Hals mit der einen Hand und hielt ihn mit dem anderen Arm fest an sich gedrückt. Dann sah er, wie er an seinen Schnabel dasselbe gelbglitzernde Gebräu heranführte, das vor Jahren seine Stiefmutter ihn einzunehmen gezwungen hatte, um ihn in einen Schwan zu verwandeln. Mit aller Kraft versuchte er sich zu befreien, doch der Jüngling drückte umso heftiger gegen seinen Hals und bog ihn, bis er brach. Hans spürte, wie sein Hals heruntersackte und sein Schnabel den Boden berührte. Dann rupfte ihn der Jüngling, Feder für Feder, und begann diese zu essen …

Zitternd wachte Hans auf. Es war schon dunkel geworden, und er machte sich auf zu der Holzfällerhütte. Als er dort ankam, war der Holzfäller gerade dabei, das Holz aufzuhäufen, das er gehackt hatte, und bat ihn, ihm zu helfen.

„Junge, bring diese Scheite hinein“ – Hans trat hinzu und nahm ein Bündel – „aber was treibst du eigentlich jeden Tag vom frühen Morgen an?“

Und als Hans nicht antwortete, fragte er weiter. „Warum hilfst du mir nicht beim Holzhacken?"

„Ich habe nicht die Arme dafür."

„Alle sind doch aus demselben Fleisch und Blut gemacht. Deine könnten sehr wohl dazu dienen, Holz zu hacken."

Der Holzhacker hob ein anderes Bündel hoch.

„Nimm das und bring es hinein!"

Als Hans eintrat, trug die Holzhackersfrau gerade einen dampfenden Eintopf auf und gab ihm davon.

„Setz dich", sagte sie.

Hans genoss den Duft des heißen Gerichts. Er hielt seine Schale fest mit beiden Händen. Ein kleines Glück.

„Was machst du den ganzen Tag, Hans? Was ist dein Beruf?", fragte sie.

Hans wollte gerade antworten, dass er etwas suche, da trat der Holzhacker in die Hütte und unterbrach das Gespräch:

„Von morgen an wird er mir helfen, das Holz zu hacken, das wird dein Beruf sein. Ich habe ihn heute durch den Wald irren gesehen, und wie er auf dem Moos eingeschlafen ist. Andere Male habe ich ihn in den Wasserläufen schwimmen gesehen. Er macht nichts, und deshalb wird er mit mir arbeiten."

Hans fürchtete, dass er seinen Flügel gesehen hatte, vermutete aber, dass er ihn nicht erkannt hatte.

„Ich kann nicht", sagte Hans. „Ich habe ein Problem mit meinem Arm."

„Das Problem ist, dass du ihn nicht bewegst. Du hilfst mir oder du verlässt unsere Hütte. Wir füttern keine Tagediebe durch."

Niemand sagte noch etwas.

Hans aß seine Suppe auf und ging auf sein Zimmer. Er hatte Angst.

Er musste Aisa sehen. Der Traum hatte ihn beunruhigt. Er konnte nicht mehr länger warten.

Er lag fast die ganze Nacht wach, er fürchtete, einen weiteren Albtraum zu haben, und konnte erst vielleicht zwei Stunden vor Sonnenaufgang einschlafen. Als sein Arm sich in einen Flügel verwandelte, schlief er noch immer.

***

„Holz hacken!", rief der Holzhacker und sah in sein Zimmer.

Erschrocken wachte Hans auf, doch sein Flügel lag unter der Bettdecke.

Er stand auf, verbarg den Flügel unter den zwei Hemden und ging hinaus.

Der Holzfäller war schon im Hof und schärfte seine Axt. Bald würde er bemerken, dass Hans ein Arm fehlte, doch jetzt redete er, ohne ihn anzusehen, beschäftigt.

„Komm her! Schau mal, wie scharf die Klinge ist!"

Hans wünschte, er könnte sich im Röhricht verstecken oder zu Aisa gehen und ihr alles erzählen. Aber das war unmöglich. Gleich, was er ihr erzählte, sie würde sich erschrocken abwenden. Er musste diesen Flügel loswerden. Unbedingt.

Indessen wiederholte der Holzfäller, ohne sich nach ihm umzusehen: „Komm her und sieh dir an, wie ich die Axt halte. Du musst mit deiner linken Hand den Schaft fassen und mit der rechten hier, ein Stück höher, etwa in der Mitte, zugreifen. Du musst mit beiden Beinen einen festen Stand haben, dann nimmst du die Axt hoch und hinter dich und dann ..." – der Mann drehte sich jetzt einen Augenblick zu ihm um – „Was machst du, komm her!"

Hans begann, mit seiner linken Hand seine Hemden auszuziehen. Der Holzfäller war damit beschäftigt, ein Stück Holz zu spalten, das auf einem Baumstumpf lag, und als er damit fertig war und den Blick wieder Hans zuwandte, stand der da mit nacktem Oberkörper und zeigte sein Anhängsel von Federn und Knochen.

Der Holzfäller taumelte zurück.

„Du Dämon!", fluchte er.

„Bitte!", rief Hans.

„Geh weg!"

„Bitte, ich möchte ..."

„Beschwöre nichts!"

„Hör mich an!"

„Frau, komm und sieh dir das an!"

„Bitte!"

„Wenn du näherkommst, schlage ich dir den Kopf ab!"

„Gut! Tu's!"

„Geh fort!"

„Mach ihn weg! Schlag mir den Flügel ab!"

Hans lief zu dem Baumstumpf, auf dem das Holz gespalten wurde. Der Holzfäller hielt sich fluchend abseits, während Hans sich auf die Erde

setzte. Er breitete seinen erstarrten Flügel über den Baumstumpf. Er war groß und sehr weiß.

„Bitte, hilf mir, hau ihn mir ab!"

Der Holzfäller schwitzte. Seine Frau betrachtete sprachlos alles aus der Tür der Hütte.

„Bitte!" – Hans ließ ein langes Schnauben vernehmen, einen Schwanengesang, der ihnen Gänsehaut machte.

„Dämon!", schrie der Holzfäller.

„Mit deiner Axt! Ein einziger Schlag!"

Der Mann blickte zu seiner Frau. Gequält und aufgeregt gab sie ihre Antwort: ja.

Dann wandte sie den Blick ab. Der Holzfäller ergriff die Axt, erhob sie und machte probeweise eine Bewegung, bei der er Hans' gefiederte Schulter mit der Klinge berührte.

„Armer Teufel", sagte er und hob die Axt in einer einzigen Bewegung nach hinten, bis sie über seinem Kopf war, höher denn je und genau auf Hans' Flügel gerichtet.

Hans sah auf den Wald nebenan.

Der Holzfäller ließ seine Axt mit aller Kraft niedersausen.

Der Baumstumpf ächzte unter dem harten Schlag.

Doch Hans war nicht mehr da.

Er war in den Wald gelaufen.

***

Hans suchte und suchte. Er befand sich auf einer Lichtung, irrte dann zwischen den Bäumen umher und kehrte wieder zur Lichtung zurück. Er konnte nicht aufhören, seinen Flügel zu betasten, ihn zu drücken und gegen seine Brust zu pressen, und atmete heftig. Immer noch fühlte er die Schneide der Axt auf seiner Schulter, und das Geräusch des Schlags auf das Holz klang in seiner Vorstellung nach.

Als er gegen den Baumstumpf gelehnt dasaß, hatte er einen schwarzen Bären gesehen, der sich in eine Frau verwandelte. Das sei Morgana, hatte er geglaubt. Endlich! Doch sie war nicht mehr da, und er konnte sie nirgends erblicken.

Müde und erschöpft ließ er sich fallen.

Da erschien eine alte Frau.

„Du Narr! Was warst du im Begriff zu tun?", sagte die Frau. „Gott sei Dank ist mir dieses kleine Schauspiel eingefallen, mich in einen Bären zu verwandeln, und Gott sei Dank hat es gewirkt und du bist aufgesprungen. Es wäre allzu schade gewesen, wenn du deinen wunderbaren Schwanenflügel verloren hättest."

Hans stand auf. Morgana, Morgana …

„Endlich!", sagte er. „Du bist Morgana!"

„Nein."

Hans verstand das nicht. Er wiederholte: „Doch, du bist Morgana!"

„Um Gottes Willen, Junge, nein! Die Schneekönigin soll mich davor behüten, solch ein übler Popanz zu sein!"

Hans wusste nicht, was er sagen sollte …

„Wer? Wer bist du dann? Bist du ein Luftgeist?"

„Nein."

„Eine Wassernixe?"

„Nein! Doch genug der Raterei. Ich bin die Großmutter von Aisa und Anika. Eine Hexe aus Fleisch und Blut, die sich immer noch verwandeln kann, wie sie will. So, wie es sich gehört."

Hans senkte enttäuscht den Blick.

„Aisa hat mir gesagt, du seist gestorben."

„Offenbar bin ich das nicht. Auch wenn viele das glauben … Außer Aisa; sie kümmert sich um mich, wenn ich sie brauche. Ich bin stets in ihrer Nähe. Manchmal verwandle ich mich in eine Gans – daher habe ich auch deine Geschichte von dem schwarzen Bären gehört. Manchmal bin ich auch ein Gänseblümchen, und manchmal, wenn ich sehr müde bin, schleiche ich wochenlang als Schnecke herum." Während sie redete, strich die Alte ein paar Piniennadeln von Hans' Kleidern und streichelte ein paar Mal den Flügel. „Ich hatte schon mehr als hundert Jahre gelebt, also habe ich mir gesagt, ich solle lieber tot sein. Und ich wollte mein Haus meinen Enkelinnen überlassen. Anika brauchte es, als ihr Mann starb, und Aisa sollte dort sein, wenn du kämst."

Eine Hitzewelle stieg in Hans' Kopf. Diese Alte hatte gesagt, dass sie sich in eine Gans verwandeln könne. Konnte sie ihn in einen Schwan verwandeln? Und Aisa? Was hatte sie über Aisa und seine Ankunft gesagt?

„Warum sollte Aisa hier sein?", fragte er.

„Weil Aisa gehen und das Haus Anika und Einar überlassen muss. Sie muss mit dir gehen und sich in eine Königin verwandeln."

„Eine Königin? Mit mir?"

„Ja, mit dir" – die Alte verzog das Gesicht – „geht das nicht in dein halbes Entenhirn? Oder was?"

„Ich liebe Aisa ... Ich war bereit, mir für sie den Flügel abhacken zu lassen ... aber ich habe es nicht gekonnt, ich kann es nicht."

„Aber Junge!" – die Frau verzog das Gesicht – „Aisa hat dich nicht gebeten, den Flügel abschneiden zu lassen. Sie weiß nicht einmal, dass du einen hast. Oder ..."

„Das stimmt. Hilf mir bitte. Du bist doch eine Hexe, brich den Bann!"

„Es ist einfach, einen Menschen in ein Tier zu verwandeln. Ein Zauber für Anfängerinnen. So einfach, wie einen König in einen Frosch zu verwandeln oder einen Herzog in eine Katze oder einen Prinzen in ein Ferkel, doch nur, wer verwünscht hat, weiß, wie der Zauber zu brechen ist ... Und da die Stiefmutter, die deine Brüder und dich verwunschen hat, inzwischen von Würmern zerfressen ist, sehe ich keine Möglichkeit. Nur eine Fee, die so mächtig ist wie Morgana, könnte dir das Rezept dafür geben," – sie senkte die Stimme und zögerte – „doch sie ist eine große Berühmtheit, und man muss sie für einen Gefallen anbetteln."

„Ich muss sie finden!"

„Niemand kann das. Sie erscheint, wann sie will und wie sie will, und das geschieht nicht immer friedlich. Sie erwartet unschöne Opfer, sodass ihre Gunst eher eine Strafe ist; offen gesagt können nur Heilige, die schon tot sind, oder deine Schwester Elisa, die ein ungewöhnliches Mädchen ist, solche Opfer bringen ... Ich sehe da nicht viele Möglichkeiten für dich."

Hans erinnerte sich an die Zeit, als er noch fliegen konnte. Er wollte fort. Er fühlte sich ganz und gar verloren. Wenn die Alte ihm nicht helfen konnte und die Fee nicht erschien, war er für immer verdammt. Früher hätte ein Flügelschlagen genügt, um fortzukommen.

„Wenn du den Zauber nicht brechen kannst, dann ist das so; dann verwandle mich in einen Schwan, in einen ganzen Schwan!", sagte Hans.

„Aber, du hässliches Entlein, eine Alge wäre sinnvoller. Ein Schwan? Den ganzen Tag über schnauben und im Wasser planschen, hä? Gut, du sollst für immer ein Schwan sein oder jedenfalls so lange du überlebst. Ich werde es machen. Bist du bereit?"

Hans schwieg.

Er dachte wieder an das, was die Alte ihm gesagt hatte. Aisa hatte ihn nicht gebeten, dass er sich den Flügel abhacken ließ, er hatte ihn ihr nicht einmal gezeigt. Er erinnerte sich an ihren langen Hals und ihre kleinen schwarzen Augen, an den Frieden, den er bei ihr verspürt hatte, an die Vertrautheit, mit der sie ihn behandelt hatte. Vielleicht fand Aisa den Flügel gar nicht so abstoßend. Wer weiß, vielleicht auch sie, wie ihre Großmutter …

Hinter der alten Frau erhob sich schneebedeckt die Belftspitze. Bewegte sich der Berg? Erhob er sich in die Lüfte, so, wie es Aisa erzählt hatte? Die Worte des Mädchens, ihre magische Gegenwart in seinem Gedächtnis, brachten Ordnung in den Schwarm wilder Schwäne, der in seinem Kopf festgebannt war.

Er dachte jetzt wieder an das Königreich der Alten, das er zurückgelassen hatte, an die Liebe seiner Schwester, die Unterstützung seines ältesten Bruders, das Band, das der Zauber zwischen ihm und allen seinen Brüdern geknüpft hatte, und wieder an Aisa, ihre Schwester und ihren Neffen …

Und nach einem langen Schweigen sagte Hans mit einer Entschlossenheit, die er gar nicht von sich kannte, zu der Alten:

„Ich kann mit Aisa ein Königreich haben …"

„Das kannst du, gewiss …"

„… sie mitnehmen zum Schwimmen im Schilf, mich mit ihr im Rohr verstecken, mit ihr im Wald wandern und ihr berichten, was die Vögel in ihrer Sprache sagen. Ich möchte, dass sie meine Geschwister kennenlernt und mit mir kommt … und ihre Gänse mitnimmt in mein Königreich …"

„Gut … ich komme aber nicht mit."

„Und eines Tages werde ich unsere Kinder in meinem Flügel wiegen, sie damit beschatten, wenn die Sonne sticht, sie in dem Bad von Federn baden, sie mit zur Steilküste nehmen, damit sie den Wind kennenlernen. Auch mit einem Schwanenflügel kann ich ein König sein."

„Der Schwanenkönig, nicht wahr?", sagte die Alte. „Tolle Entdeckung, meinen Glückwunsch!" – und sie verwandelte sich in einen Bären.

Hans wollte ihr den Rücken kraulen, doch die Alte, die schon ein paar Beeren aß, brummte:

„Ich bin ein Bär, Entenmann, und kein Hund!"

Dann drehte sie ihm den Rücken zu und lief den Berg hinauf.

***

Bevor er Aisas Haus erreichte, war Hans zur Hütte des Holzfällers zurückgekehrt. Er zog die Axt aus dem Baumstumpf, wobei er heftig ziehen musste, und legte ein Stück Holz an ihre Stelle.

„Du Dämon! Ich habe deine beiden Hände gesehen, habe deine beiden Arme gesehen!", fing der Holzfäller wieder an, der hinter seiner Tür stand.

Der Schwanenkönig sah ihn kurz an, dann auch seine Frau, die sich hinter ihm versteckte. Dann umschloss er mit der linken Hand den Stiel der Axt und legte seine Flügelspitze etwas höher, etwa auf die Mitte des Stiels. Er sah zu, dass er mit beiden Beinen einen festen Stand hatte, zog die Klinge der Axt zurück und so hoch, wie das mit diesen seinen beiden „Armen" möglich war, und ließ sie niederfahren auf das Stück Holz.

Sein doch dauernd zurückgebundener Flügel war stärker, als er dachte.

„Tut mir leid, dass ich euch getäuscht habe", sagte Hans. „Ich bin kein Tagedieb. In meinem Zimmer findet ihr den Lohn für eure … Gastfreundschaft." Und indem er seinen Flügel ausbreitete, schloss er: „Das ist nun einmal mein Zustand und wird es sein, bis ich sterbe. Ich bin der Schwanenkönig."

Er nahm seine Hemden, warf sie über die Schulter und ging.

***

Als Hans an Aisas Haus ankam, versuchten sie und ihre Schwester gerade Einar, der unbedingt auf einer Gans reiten wollte, davon abzuhalten.

„Einar, die Gans sagt, dass sie dir die Augen auspicken wird", sagte Hans, der sich wieder die Hemden übergezogen hatte.

Alle drei waren erstaunt, und weil sie an Hans' Stimme gemerkt hatten, dass es ihm ernst war, schwiegen sie.

„Jedenfalls ist es das, was die Gans gesagt hat. Ich hoffe, sie tut es nicht, aber du solltest sie lieber in Ruhe lassen … für alle Fälle."

„Wie schön, dass du wiedergekommen bist", freute sich Aisa. „Es ist ein günstiger Tag, weil Anika das Essen zubereiten wird …" – Hans fürchtete, dass es das Fleisch eines Vogels sein würde – „einen frisch gefangenen Wels. Du musst mit uns essen!"

„Ja, das würde ich sehr gern. Wart ihr heute schon am Teich?"

„Ja, schon früh", antwortete Aisa.

„Schade, ich würde gern baden gehen."

„Dann gehen wir noch mal!", rief Einar.

„Solange es da noch Wasser gibt … gehen wir!", sagte Aisa.

Auf dem Weg zum Teich bemerkte Aisa, dass Hans schweigsam und unruhig wurde, und dachte daran, ihm zu sagen, dass sie sein Geheimnis kannte und er keine Angst zu haben bräuchte. Aber sie tat es nicht.

Natürlich wusste sie, dass Hans einen Schwanenflügel hatte und ihn unter seinen Kleidern verbarg. Am Tag, als sie ihn kennengelernte hatte, hatte sie ein paar Federn gesehen, die aus seinem Hemdkragen hervorsahen. Wie alle kannte sie diese Geschichte aus den Ländern des Südens, die Geschichte von Elisa und den wilden Schwänen, den von einer bösen Stiefmutter verwunschenen Prinzen. Und wie alle erinnerte sie sich auch daran, dass der jüngste der Brüder noch immer einen verwunschenen Arm hatte und auf immer mit einem Schwanenflügel leben musste.

Es war unmöglich, dieses Ende der Geschichte zu vergessen.

Aisa hatte darüber mit Anika und Einar gesprochen, und sie waren übereingekommen, Hans' Schweigen zu respektieren. Als sie den Teich erreichten, streifte Einar sogleich seine Kleider ab und lief ins Wasser. Aisa und Anika sprangen auch hinein.

Hans hielt sich zurück.

Die Schwestern taten so, als sähen sie ihn nicht, waren aber sehr aufmerksam. Einar dagegen stierte ihn geradezu an. Hans erinnerte sich an alles, was er bei dem Gespräch mit der Alten gedacht hatte, und ohne weiter zu zögern, zog er sich nun erst das eine, dann das andere Hemd aus. Energisch öffnete er den Flügel und breitete ihn so weit aus, wie er konnte. Er schlug ein paar Mal damit, um seinen Hals zu entspannen. Er atmete tief ein und streckte auch den anderen Arm aus.

Einar stand der Mund offen; er war sich sicher, dass dies das faszinierendste Bild war, das er im Leben je gesehen hatte. Da stand vor ihm der berühmte Prinz mit dem Schwanenflügel!

Auch Aisa und Anika sahen ihn an. Es war wirklich unglaublich.

„Der Mann mit dem Schwanenflügel“, sagte Anika.

„Ja, ein Mann mit einem Flügel“, sagte Aisa, „ein Engel, ein halber jedenfalls.“

Nun zog Einar seine Arme an die Brust und breitete sie ein übers andere Mal wieder aus, als ob er flöge, und peitschte damit das Wasser, dass es nur so spritzte, und schrie:

„Hans, spring!“

Hans lächelte und wollte gerade springen, als Einar hinzufügte: „Aber du musst erst fliegen!“

Und Hans flog, bis er ins Wasser fiel.

***

Eine Zeit lang reiste der Schwanenkönig jeden Monat von seinem abgelegenen Königreich zum Ring von Belft, um die Gänsehirtin zu besuchen. Er brauchte drei Tage auf dem Rücken seines Pferdes, um zu ihrem Haus zu gelangen; in seinem Königreich hatte er so gut wie alle Vorbereitungen getroffen, um sie zu empfangen.

Das Dorf der Alten hatte jetzt Wasser. Mit der Hilfe seiner Brüder hatte der Schwanenkönig den nächstgelegenen Fluss umgeleitet, sodass er jetzt das Dorf durchfloss und sich in den vertrockneten Sumpf ergoss, der nun schon tief unter Wasser stand und Reiher, Störche und Schwäne anzog, viele Schwäne. Nur Gänse fehlten noch.

Hans hatte mit dem Ältesten der Alten gesprochen, mit dem sich alle berieten, um ihm seine Pläne mitzuteilen, wie das Königreich wieder begrünt, wie Wasser zum Dorf geleitet und wie neue Bewohner angezogen werden sollten. Er wollte wissen, ob er, der das Land so gut kannte, irgendeine Idee hatte und ob er ihn unterstützen wolle. Der Alte antwortete mit einer Frage:

„Weißt du denn, wer du bist?"

Hans sah ihn an, spürte ein leichtes Zucken seines Flügels und sagte:

„Ich bin ein Mann mit dem Flügel eines Schwans und der König dieses Dorfs."

Der Alte sagte, wenn er denn der König sei, werde er ihm das Geheimnis dieses Dorfs enthüllen:

„Nur wenige werden sich daran erinnern, doch ich war einst ein großer Magier. Ich kam in dieses Dorf, weil ich Einsamkeit suchte, und ich blieb hier. Ich wollte Teil des Vergessens hier sein, doch als ich die Handvoll von alten Menschen kennenlernte, die hiergeblieben waren und nur mit Mühe überlebten, taten sie mir leid, und ich tat ihnen leid. Und ich fand, dass mir ihre Gesellschaft gefiel und dass ich ihnen ihr weises und vergessenes Leben erleichtern sollte. Deshalb hielt ich den Lauf der Zeit in ihren Körpern an und gab ihren Händen einen Zauber mit, dass sie alles fruchtbar machten, was sie berührten."

Der Schwanenkönig kam aus dem Staunen nicht heraus. Ein mächtiger Magier in seinem eigenen Königreich!

Und der Alte fuhr fort:

„Wir werden dir dabei helfen, alles Lebende lebendiger zu machen. Es wird nur nötig sein, viele Bäume zu pflanzen und Geduld zu bewahren, bis die Wälder wachsen. Vielleicht werde ich danach gehen, und die Zeit läuft dann vielleicht auch wieder in ihrem natürlichen Rhythmus, ich weiß es nicht. Aber nun sei erst einmal willkommen!"

Hans wollte mit seiner Menschenhand die des alten Magiers schütteln, doch der ergriff seinen Flügel und drückte ihn kräftig. Sogleich leuchteten die Federn des Flügels auf und dehnten sich über seinen Hals aus, bis zum Nacken.

***

Das letzte Mal, dass der Schwanenkönig seine Gänsehirtin besuchte, bat er sie, mit ihm zu dem Waldstück mit Pinien und Eichen zu gehen, eben dem Bach, wo er ihr die Geschichte von den fliegenden Bäumen erzählt hatte, die die Leute mit Schwänen verwechselten.

Dort sagte Hans ihr, dass das Königreich bereits Wasser habe und er sich wünsche, dass sie ihn begleitete und Königin würde.

Zur Antwort umarmte Aisa ihn ganz fest. Hans bemerkte, dass sein Flügel, wenn er sie umarmte, bis zu ihm selbst herumreichte.

„In unserem Königreich wird uns nur ein so schöner Wald wie dieser fehlen", sagte Hans zu ihr.

„Er wird schon wachsen", antwortete Aisa, „oder es fällt mir etwas anderes ein ..."

Und während sie zu ihrem Haus zurückkehrten, begannen die Bäume hinter ihnen sich ganz langsam mit weißen Federn zu bedecken.

Jetzt ergriff der Henker sie bei der Hand; da warf sie hastig die elf Panzerhemden über die Schwäne. Und sogleich standen elf schöne Prinzen da. Aber der Jüngste hatte einen Schwanenflügel statt des einen Armes, denn es fehlte ein Ärmel in seinem Panzerhemde: den hatte sie nicht fertig gebracht.

HANS CHRISTIAN ANDERSEN, *Die wilden Schwäne*, 1838

Das Glück des weißen Drachen

Es war eine durchsichtige Kugel von der Größe eines Glöckchens. Sie hing von einem Kupferkleebaum im Herzen des Nachttals. Bei den Reisenden war der Baum bekannt, denn seine Krone von Blättern aus gekräuseltem Klee, die an langen dünnen Zweigen hingen, bot einen hellen Unterschlupf inmitten der Finsternis dieses Tals. Hier, an diesem falsch besonnten Ort, konnte man endlich vor der immerwährenden Nacht Ruhe finden.

Es hieß auch, dass derjenige, der sich zu Füßen des Baums an den Stamm lehnte und laut seine Fragen stellte, wenn er dann nach und nach in einen Schlaf fiel, mit größter Klarheit alle Antworten träumte. Der Reisende wachte bald gesund und munter auf, ließ das Nachttal ohne Zwischenfall hinter sich und lebte glücklich und zufrieden bis an das Ende seiner Tage.

Allerdings war es schwierig, den Baum zu finden. Man musste den Geschöpfen der Nacht entkommen, die das Tal bevölkerten, den hypnotisierenden Düften der Mondblumen und den königlichen Glühwürmchen, die die Wanderer verwirrten, um sie von dem Baum fernzuhalten. Schwierig, aber nicht unmöglich.

Als ob der Baum selber gefunden werden wollte, verführte er den Wind dazu, den Kupferklee klingeln zu lassen. Wer immer von oben seinen Schein entdeckte, lief frohgemut hinab, um sein Laub zu schütteln, das sich dann wellte wie die Mähne eines Löwen, und einen Klang wie von fernen Glocken vernehmen ließ. So wussten die Wanderer, die ein Zentaur, eine Sylphide, eine Hexe, ein Magier oder ein Zwerg sein mochten, wohin sie sich wenden mussten, um ihn zu finden.

Wirklich schwierig war es, die Frucht des Baums zu Gesicht zu bekommen. Es gab nur eine einzige im Jahr, und sie war so unwiderstehlich, dass sie selten die Zeit hatte, zu reifen. Sie bewirkte in demjenigen, der sie verschlang, erstaunliche Veränderungen.

Und in dieser phantastischen Welt, die auf unerklärliche Weise zu verschwinden begonnen hatte, barg eine solche wunderbare Frucht ein wenig Hoffnung.

Die hing an einem Kupferkleebaum im Nachttal. Sie war eine durchsichtige Kugel von der Größe eines Glöckchens.

***

Zuerst war es nur ein ganz leises Klingeln, so zart, dass nur die Pflanzen es hören konnten. Es war die Kugel, diese bronzene Zimbel.

Dann war es ein Klingen, so intensiv, so sprühend, dass die Vögel, die in dem Baum saßen, davon blind wurden und dass Meere von Fluginsekten dadurch angezogen wurden, die in ihrem Flug darum herum Feuer fingen. Es war die Kugel, ein silbernes Blinken.

Dann war es eine Ausdünstung. Ein Geruch von verbrannten Blättern, der sich im ganzen Tal ausbreitete und Pflanzen wie Tiere an schreckliche Brände denken ließ. Und einige Blumen schlossen ihre Blütenblätter, umhüllten ihre Keimlinge und hörten auf, Düfte abzugeben. Andere Wesen zogen ihre Krallen ein, hielten ihre Flügel still und rollten ihre Schwänze ein. Es war die Kugel, ein funkensprühendes Feuer.

Sieben Wolken folgten ihrem Weg. Und das Nachttal in seiner endlosen Nacht erwartete sie stumm.

Kein Tier rührte einen Bissen an.

Kein Lufthauch rührte sich.

Die Pflanzen bewegten sich nicht.

Die Kugel hing am Baum, und sie wuchs, während eine weitere Wolke den Himmel querte. Die bronzene Zimbel wuchs, und überall im Tal vernahm man das Echo von unterirdischen und himmlischen Trommeln.

Das silberne Blinken wuchs und beleuchtete die noch nie gesehenen Gestalten der Nachttiere, und weiter entfernt wurden Blitze gesehen.

Der Feuerfunke wuchs, und eine Hülle von rötlichem Rauch machte alle schläfrig.

Und so konnte die Kugel, das Glöckchen, die bronzene Zimbel, das Silberblinken, der Feuerfunke, sieben und eine Wolke lang reifen, ohne dass jemand sie berührte, an ihrem Kupferkleebaum hängend.

Unterdessen hatten die Bewohner des Tales und seiner Umgebung Träume, in denen sie frei atmen konnten, ohne die Furcht, dass sie verschwinden würden.

Als sie die Augen öffneten, war die Kugel schon eine Frucht, und nur weil sie eine Frucht war, war sie keine Sonne. Sie war glatt wie die Haut eines Säuglings und kühl wie ein Bergbach. Sie hatte die Größe einer Apfelsine und ein süßes Aroma, leuchtete aber wie ein gelblicher Stern.

Einige Tiere näherten sich, im Glauben, ein Irrlicht zu sehen, andere kamen heimlich näher heran, entschlossen, die Frucht zu verschlingen. Die Frucht hatte Adern wie winzige Flüsse, die gewiss jeden Durst, alle Bedürfnisse stillten. Sie blendete und sie verbrannte sie nicht. Sie war offenbar ein Geschenk des Kupferkleebaums. Irgendwer, ein Wanderer, ein Wolf, ein Silen würde sie bald essen, verschlingen.

Doch an einem weit entfernten Ort gab es ein Mädchen, das diese grenzenlos weite Welt regierte, eine Kaiserin. Sie kannte die Natur dieser Frucht. Und sie pustete aus dem Fenster ihres Elfenbeinturms.

Das ganze Tal wurde zum Zeugen:

Die Frucht löste sich von ihrem Stiel, aber sie fiel nicht, sondern schwebte in dieser Finsternis wie ein Himmelskörper und begann, sich zu drehen. Und mit jeder Drehung wurde sie weißer, leuchtender, gleißender, so sehr, dass sie die Tiere erschreckte. Und sie begann emporzusteigen.

Sieben und eine Wolke später erreichte sie die Mitte der Nacht. Und es gab keinen Einwohner von Phantásien, der sie nicht dort oben gesehen hätte, wie einen zweiten Mond.

Ihre Gegenwart kühlte Haut und Fell, ließ alles knospen und blühen, und die Männer und Frauen aus Stein oder Kristall, die wilden Tiere, die grünhäutigen Krieger, die Riesen, die geflügelten Affen, die Feen, die Grinsekatzen, die eitlen Blumen, die Verlorenen Jungs, die verwunschenen Schwäne, alle, die sich in dieser Welt aufhielten, fühlten sich glücklich. Ein neuer Stern erhellte den Himmel und die Gemüter. Er lullte sie in den Schlaf mit dem tiefen und dauernden Klang einer Glocke. Und wuchs weiter.

Viele Wolken lang waren alle glücklich mit ihren zwei Monden und vergaßen den Schrecken, der in ihren Häusern, ihren Verstecken, ihren Kellern wuchs.

Sieben Wolken und eine glitten durch die Nacht. Und es geschah.

Die Rundung der Perle bekam Risse.

Hinter den ersten beiden Rissen kamen Gliedmaßen hervor, die aussahen wie Füße, und ein langer Hals, der sich wie eine Peitsche in Wellen bewegte, und am Ende brach etwas heraus, das noch die tiefsten Abgründe von Land und Meeren zum Schwingen brachte.

Das war kein zweiter Mond. Es war ein Ei. In Stücken fiel die leuchtende Schale herab, wie Diamantenpulver. Und ein gewaltiger Leib erschien am Himmel.

Sein Kopf und sein Schwanz waren wie der eines Löwen, doch sein bärtiges Maul und sein Hals waren größer. Er war mit perlmutterfarbenen Schuppen bedeckt, und seine Augen waren rubinrot.

Ein weißer Glücksdrache.

Eine wundersame Frucht, die über der bläulichen Schwärze der Nacht schwebte. Der Drache zögerte keine Wolke lang, leicht wie ein Fisch durch die Lüfte zu schwimmen, wie ein sich wellender Pfeil, wie eine metallische Schlange, wie ein Meteor.

Seine Lefzen hatte er zurückgezogen und die Augen weit geöffnet, und er leckte an den Wolken, wie ein Blitz, elektrisch. Er flog von einer Seite auf die andere, zeichnete leuchtende Endlosigkeiten in den Himmel und brüllte glücklich mit seiner Stimme wie bronzene Zimbeln.

Er flog senkrecht in die Höhe, wendete und stürzte sich auf kürzestem Wege zum Kupferkleebaum, das Fell seines Rückens stellte sich zum Kamm auf, während er sich hinunterstürzte. Er umrundete noch einmal den Baum, wie ein Ring aus Licht, und flog wieder hinauf, in Richtung Mond.

Er durchquerte dichte Schichten von Nacht, ging den Riesen der Winde und ihren Stürmen aus dem Weg, ließ die Sterne verblassen …

Der weiße Drache, die Kugel, die Frucht, die Perle, der Mond.

Und ein Wunsch.

***

In ihrem Bett formte die Kindliche Kaiserin dieser weiten Welt ohne Grenzen, die mit ihrem Pusten die Frucht vom Baum gepflückt hatte, ein einziges Wort: Fuchur.

Und der weiße Drache, Fuchur, der tief im Himmel schon nahe daran war, den Mond zu erreichen, hielt plötzlich inne. Er hatte gehört: „Fuchur."

Doch der Mond, der so hell leuchtete wie sein Fell, war noch schöner als dieses Wort. Vielleicht bewegte sich ja ein anderer weißer Drache in seinem Inneren, kurz davor, geboren zu werden. Fuchur brüllte, streckte seinen Hals vor und setzte seinen Flug fort. Er zögerte noch einmal, und da er die Stimme des Kindes nicht mehr hörte, flog er weiter. Schnell. Er

umrundete den Mond, bis er einen leuchtenden Kreis um ihn gezeichnet hatte, eine Aureole. Leuchtend drehte er seine Kreise, voller Lebensfreude.

Die Ärzte, Zauberer und Gelehrten dieser ganzen Welt, die von ihrem Schicksal ereilt worden waren, hatten keine Zeit, den Mond oder Fuchur und seine glitzernde Aureole zu betrachten. Sie waren gekommen, um nach der Kindlichen Kaiserin zu sehen. Wie so viele andere Lebewesen schien auch sie zu verschwinden. Niemand wusste, was geschehen war, doch aufmerksam hörten sie Cairon zu, dem schwarzen Zentauren, als er ihnen sagte, die Kaiserin habe ihm ihren Wunsch mitgeteilt: Man müsse im Gräsernen Meer einen Krieger finden, eine Grünhaut namens Atréju, der keine Angst habe, zu fliegen und ungastliche Gegenden zu durchstreifen, auf der Suche nach einer Medizin für sie ... einem Heilmittel gegen das Verschwinden.

Es war Fuchur, der sich auf die Suche nach diesem Krieger machen sollte, doch der Drache hatte nicht auf den Ruf der Kaiserin geantwortet, er lebte schon in einer anderen Zeit. Von der Oberfläche dieser Welt aus war die funkelnde Aureole noch immer zu sehen, so als ob er noch immer den Mond umkreiste, doch dort oben waren viele Jahre vergangen.

Fuchur hatte jetzt einen viel größeren Bart und schnarchte wunderbar, zusammengerollt in einem Mondkrater.

„Fuchur", sprach sie wieder. Die Kaiserin würde nicht auf das Glück des Drachen verzichten.

Und diesmal hörte Fuchur die Stimme von Nahem und öffnete seine Rubinaugen, als hätte man ihn zur Unzeit geweckt.

Vor ihm erhob sich nun in einem anderen Krater ein großer Elfenbeinturm. Fuchur flog zu einem seiner Fenster und begegnete dort der Kindlichen Kaiserin. Es war nur ihr Spiegelbild, doch der Drache glaubte, der Mond sei endlich zerbrochen und es sei kein zweiter Drache in seinem Inneren entstanden, sondern ein Mädchen, das Mondkind.

„Weißer Glücksdrache, Fuchur. Dieses Wort, das nicht so schön ist wie der Mond, aber freudevoller, das bist du. Du bist Fuchur, und nun trage deinen Glanz in die Abgründe", sagte zu ihm das Kind, ohne zu sprechen.

Fuchur fand diese Stimme ein wenig düster, sie ließ seine Mähne zu Berge stehen und seine Schuppen erkalten, doch sein Name gefiel ihm: Fuchur. So beschloss er, ihr zu folgen.

Der Wunsch des Mondkindes, der weiße Drache, die metallene Schlange, flog zur Erde zurück. Er ließ die Sterne, die sein Glanz dunkel erscheinen ließ, hinter sich, ging den Stürmen der Riesen aus dem Weg und durchfuhr Schicht um Schicht von Nacht.

Und er kam an.

Es war nicht der Ort, an dem er geboren war, das Nachttal. Er befand sich zum ersten Mal in einem Tag. Irgendeinem hellen Tag an irgendeinem Ort dieser endlosen Welt.

Fuchur betrachtete seinen Körper. Seine Schuppen glühten wie die Sonne, und er war hier und da, ohne zur Ruhe zu kommen. Er folgte Schwärmen von Schwänen und Kranichen und versuchte, ihre Schreie nachzuahmen. Er flog tief an der Seite von Pferdeherden, liebkoste das hohe Gras, zwischen purpurfarbenen Büffeln; er zog mit seinem Schwanz Kreise in den Sand der Wüste der Farben und biss nach Luftspiegelungen. Keine Spur von irgendeinem Abgrund. Und auch keine Lust, einen zu finden.

Eines Morgens gelangte er im Schatten eines Einhorns in einen Wald. Er flog versteckt im Nebel und lernte die riesigen Baumrindentrolle kennen, Gestalten mit dem Körper eines Baumstamms. Die erzählten ihm schreckliche Geschichten von der Krankheit dieses phantastischen Reichs, dem Unglück, dem nach und nach alle seine Bewohner anheimfielen, einschließlich diesem Wald. Sie berichteten, wie schon fast ihr ganzes Volk verschwunden sei, und dass hier vor gar nicht langer Zeit ein Krieger mit grüner Haut auf einem weißen Pferd durchgekommen sei. Er sollte sie retten, war ein Abgesandter der … doch sie brachten den Satz nicht zu Ende: Sie lösten sich vor Fuchurs Augen auf. Und er, verstört, schüttelte unter silbernem Blitzen seinen Schwanz und flog davon.

Er flog nun wieder so hoch, dass er gegen eine schneebedeckte Bergspitze stieß, und konnte es nicht lassen, sich in dem eisigen Sand zu wälzen; er entdeckte eine Quelle und folgte dem Lauf des Wassers, einem Bach, und flog im Zickzack wie eine metallene Schlange, während er dessen Windungen folgte. Er entdeckte verschiedene Brunnen und unterhielt sich damit, durch das kristallklare Wasser dem Spiel der Nixen zuzusehen. Welch ein Glück er hatte, sie zu sehen!

Bis er eines Nachmittags zum Spiegelmeer gelangte. Dort sah er einen riesigen Drachen, gespiegelt, über den weißen Wellenkämmen fliegen.

„Fuchur."

Diese Stimme, wieder. Das Mondkind.

„Fuchur, weißer Glücksdrache."

Der Wunsch der Kindlichen Kaiserin!

„Bringe dein Leuchten zu den Abgründen."

Fuchur brüllte, röhrte, tönte mit seiner Stimme einer Glocke und flog entschlossen dieser anderen immerwährenden Nacht entgegen: der der Abgründe.

***

Auf seinem Weg, bei seiner Suche, bemerkte er, dass die Wälder, die er gekannt hatte, nicht mehr da waren, auch nicht die Wiesen und Wasserfälle und die Lebewesen, denen er begegnet war. Warum waren sie verschwunden? Wo waren sie hin?

Es war Nacht geworden, und Fuchur wäre am liebsten zum Mond geflogen, um sich in einem Krater auszuruhen, oder zum Kupferkleebaum, um zwischen seinen Wurzeln zu schlafen, doch er dachte, dann würde er den Tag versäumen.

Dann sah er einen Abgrund, der größer war als irgendein anderer.

Und er entdeckte, dass die Nacht nicht schwarz war, sondern bläulich. Schwarz war dieses Loch.

Er hatte – ohne es zu wissen – den Tiefen Abgrund der Toten Berge erreicht.

Unter Reisenden war der Abgrund bekannt, weil kein Lebender jemals gehört hatte, wie ein Stein auf seinem Boden aufgeschlagen war. Er hatte keinen Boden. Jedenfalls nicht in dieser Welt. Es hieß, dass in seinen steilen Wänden Skelette und Lumpen hingen und dass die gefälligen Stimmen von Geistern viele Wanderer in die Finsternis lockten, wo sie nach nie erreichbaren Schätzen suchten ...

Schlimmer aber war gewiss das Monster.

Fuchur stürzte sich, ohne zu zögern, hinab.

Er nahm an, dass die Kaiserin wollte, dass er diese Finsternis erhellte, dass er verlorene Wanderer herausführte ... oder dass er womöglich dort eine Medizin für diese Welt fand. Doch plötzlich wurde sein Flug von einem klebrigen Netz aufgehalten. Es spannte sich von einem Ende des Abgrunds zum anderen und war ein undurchdringlich festes Geflecht.

Fuchur fauchte, brüllte und ließ seine Stimme von der bronzenen Zimbel in alle Richtungen erklingen.

Er konnte sich nicht befreien.

Für einen Moment blieb er ruhig.

Und beobachtete.

Im Zentrum des Abgrunds meinte er, ein anderes Universum sehen zu können, etwas, das sich bewegte, ein Zittern; und er hörte ein Schreien … Vielleicht war es gar kein anderes Universum, sondern ein riesiges Grab; vielleicht war es hier, wo sich jetzt die verschwundenen Lebewesen, ganze Wälder, die Wasserfälle befanden … Das Schreien wurde noch schriller. Es kam nicht aus dem Abgrund, sondern es kam von oben.

Es war ein Monsterwesen mit vielen Stacheln. Fuchur beobachtete es neugierig. Es sah furchterregend aus und zugleich etwas schwerfällig. Doch nun spürte er einen ersten Stich, der durch seine Schuppen ging. Es war das erste Mal, dass Fuchur sein Blut sah, so rot wie seine Augen.

Er wusste nicht, was die Kreatur wollte.

Ein anderer Stich, und das Gift des Stachels verbreitete sich unhaltbar durch den ganzen Körper des Drachen und ließ ihn brüllen, diesmal wirklich wütend, und ein blaues Feuer speien. Doch das Monster wich aus, indem es neue Gestalten annahm. Einmal hatte es nur riesige Tatzen und einen großen Kopf, ein andermal dann war es wie ein Schwarm, der Fuchur umgab.

Die Mähne des Drachen stäubte sich, er hieb mit der Pranke nach dem Monster, riss mit seinem Schwanz Felsen aus der Wand und wollte zubeißen, doch es tönte nur das Echo seiner zusammengebissenen Zähne durch den Abgrund. Das Monster löste sich in tausend Einzelwesen auf.

Während er sich erneut zu befreien suchte, verfing sich Fuchur nur noch weiter in dem Netz. Er konnte sich kaum noch bewegen. Er konnte den Wunsch der Kindlichen Kaiserin nicht mehr verstehen. Warum sollte er ein Leuchten in den Abgrund bringen? Und war er nicht ein weißer Glücksdrache? Er war eine bronzene Zimbel gewesen, ein Silberblitzen, ein Feuerfunke, und dies schien nun sein Ende zu sein. Durch das Netz hindurch, im Abgrund, sah er zwischen den Schatten dieser endlosen Nacht die Skelette riesiger Drachen, vertrocknete Schuppen und seinen eigenen verendenden Körper.

Doch dies konnte nicht sein Ende sein; also hörte er auf, darauf zu sehen.

Er suchte, suchte, bis eines seiner rubinfarbenen Augen auf ihn traf. Es war ein Junge von dunkelgrüner Farbe. Er stand in einer der Seitengrotten des Tiefen Abgrunds.

Fuchur brüllte. Er sah, wie der Junge die Grotte verließ, hochsprang und sich gegen das Monster wandte. Das war der Krieger, von dem man ihm

erzählt hatte. Das Monster hatte den Jungen nicht gehört, er aber sehr wohl. Und er wusste, dass diese Begegnung der Wunsch der Kindlichen Kaiserin war.

Von nun an war er sich sicher, dass sein Glück ebenso endlos sein würde wie der Schein des Mondes.

Über der Finsternis des Tiefen Abgrundes, von einem Rand zum anderen gespannt, hing ein ungeheures Spinnennetz. Und in den klebrigen Fäden dieses Netzes, die dick wie Seile waren, wand sich ein großer weißer Glücksdrache, schlug mit Schwanz und Klauen um sich und verstrickte sich doch nur immer rettungsloser.

[... Atréju] sprang aus seinem Versteck hervor, griff nach dem Kleinod auf seiner Brust und schrie, so laut er konnte: »Halt! Im Namen der Kindlichen Kaiserin! Halt!«

MICHAEL ENDE, *Die unendliche Geschichte,* 1979

Adolfo Córdova, geboren 1983 im mexikanischen Veracruz, lebt heute in Mexico City. Der Journalist und mehrfach preisgekrönte Schriftsteller hat einen Master in Kinder- und Jugendliteratur von der Universidad Autònoma de Barcelona und ist als Gastprofessor an Universitäten in Mexiko und Spanien tätig. Für dieses Buch wurde er u.a. mit dem White Ravens 2017 sowie dem Juan de la Cabada-Preis ausgezeichnet.

Riki Blanco, geboren 1978 in Barcelona, lebt in Spanien und arbeitet in den Bereichen Illustration, Animation und Kommunikation für die Presse. Er hat viele Jahre lang Illustration an der Massana Arts & Design School unterrichtet. Mehr als dreißig von ihm illustrierte Bücher sind international verbreitet, und er ist vielfach ausgezeichnet worden.

Ein verlagsneues Buch kostet in ganz Deutschland und Österreich jeweils dasselbe. Das liegt an der gesetzlichen Buchpreisbindung, die dafür sorgt, dass die kulturelle Vielfalt erhalten und für die Leser:innen bezahlbar bleibt. Also: Egal ob im Internet, in der Großbuchhandlung, beim lokalen Buchhändler, im Dorf oder in der Stadt – überall bekommen Sie Ihre verlagsneuen Bücher zum selben Preis.

FSC
www.fsc.org
MIX
Papier aus verantwortungsvollen Quellen
FSC® C106600

Dieses Buch ist auf Papier gedruckt, für das nur Holz aus nachhaltiger Forstwirtschaft verwendet wurde.

Klimaneutral
Druckprodukt
ClimatePartner.com/13916-1911-1001

Dieses Buch wurde klimaneutral produziert. Diese Initiative schützt 1.150.200 Hektar tropischen Regenwald in Kolumbien und bietet zusätzlich viele soziale Leistungen für 16.000 indigene Menschen. Mehr Infos unter: www.climatepartner.com/1288

Dieses Buch ist zuerst 2016 unter dem Titel
El dragón blanco y otros personajes olvidados
bei der Fondo de Cultura Económica in Mexiko
erschienen.

Aus dem Spanischen von Edmund Jacoby

Gesetzt aus der Warnock Pro
Gedruckt auf 170 g/qm Galerie Art Natural
Druck und Bindung: DZS Grafik
Printed in Slovenia
ISBN 978-3-96428-135-7
www.jacobystuart.de